東京ゼロ地裁

執行 2

小倉日向

双葉文庫

目次

執行２　東京ゼロ地裁

本作品は、書き下ろしです。

第一章　闇の中

1

《ああ、母さん。おれだけど。ちょっと金を貸してもらえないかな》
「どうしたんだい、急に」
《車を買い換えるんだ。支払いはローンなんだけど、最初にいくらかでも払っておいたほうが、あとが楽だから。貯金、あったよね？》
「そりゃ、わたしの葬式代に貯めてるお金はあるけど」
《またそんな縁起の悪いことを言って。大丈夫。母さんはあと二十年は生きるからさ》
「まったく……で、いくら要るんだい？」

《とりあえず五十万でいいよ》

「それなら、ウチにキャッシュカードを取りに来なさい。膝が痛くって、外に出るのが億劫なんだよ。あんたが代わりにお金を下ろしてくれればいいから」

《サンキュー。恩に着るよ》

「母さん、このカード、金が下ろせなかったんだけど」

「え、口座にはけっこうな額があったはずだけど」

「ていうか、ATMが受け付けなかったんだ」

「そんなことはないだろう。新しくしたばかりなんだから」

「え、新しく？　確かに、やけに綺麗なカードだなとは思ったけど。いつ替えたんだよ」

「先月だったかねえ。銀行のひとがウチに来て、昔から使っているカードは磁気が弱って使えなくなる恐れがあるから、口座開設時期が古いひとから新しいものに切り替えてるって言われたんだよ」

「そんなのは初耳だな。そう言えば、このカードって口座番号も氏名も印字されていないけど」

「カードを見られて個人情報が漏れるのを防ぐために、そこのほら、金色のシールみたいなところに全部記録されているんだって」

「ICチップだろ。まあ、番号とかないのを除けば本物っぽいけど。銀行にはちゃんと確認したの？」

「そんな必要はないだろう。ウチに来たひとは、あたしがここの銀行に口座を持ってるって、ちゃんと知ってたんだから」

「最初から、この銀行の行員だって言ったのか？」

「そう言われると……ただ、銀行のほうから来たとは言ったけど」

「それって詐欺師の手口じゃないか。消防署のほうから来ましたって、単にそっちの方角から来たって意味で、消火器とか防火グッズとか売りつけるヤツ」

「じゃあ、偽者だっていうのかい？」

「可能性としてはあり得るだろ。それで、母さんにカードを出させて、予(あらかじ)め用意してあった偽カードから、この銀行のものを出せばバレないし。まさか、暗証番号は教えてないよね？」

「教えてないさ。ただ、新しいカードに記録するのに、読み取り機とかにセットして、番号は押したけど」

「つまり、その機械もダミーなら、相手に知られてるってことじゃないか。古いカードは？」

「あたしが見ている前で、その行員さんがハサミで切ったよ」

「たぶん、それも偽物だな。母さんが見てない隙にすり替えたんだろ」

「え、それじゃ――」

「とにかく、銀行に問い合わせてみたほうがいいな。おれが支店に行って、直接確認してくるから」

「う、うん」

「やっぱりだよ。そんなふうに家庭訪問をしてカードを新しくするなんてこと、一切してないって」

「じゃあ、あたしは……」

「騙されたんだよ、特殊詐欺に。ずっと前から注意しろって、世間でもうるさく言われてるのに、なんだって引っかかるんだよ」

「だって……だけど――」

「とにかく警察に知らせて、捜査してもらうしかないよ。あとは銀行に行って手続きをするとか。まあ、通帳の金はとっくに下ろされてるだろうし、戻っちゃ来ないだろうね」

「そんな……ど、どうすればいいんだよ」

「知らないよ。騙された母さんが悪いんだから。警察のほうも、そんな簡単にキャッシュカードを渡すからこうなるんだって、あきれるだけさ。母さんの過失なんだから、銀行は何の補償もしてくれないだろうし」

「じゃあ、あたしのお金は――」

「今ごろ犯罪者の手に渡って、好き勝手に使われてるんじゃないの？　まったく、おれも無駄足だったし、頭金も払えないし」

「う……う……うう」

「泣くなよ。泣きたいのはこっちなんだから。ほら、さっさと支度しろよ。銀行に行って手続きしないと、これから入る年金も全部盗まれるんだからな。それから、警察にも行かなくちゃならないし」

「……お前、代わりに行っておくれよ。お金を全部盗られたのに、これ以上恥を晒したくないよ」

「本人じゃないと手続きできないんだよ。いくら息子でも、銀行は信用してくれないんだから。それこそ、おれが特殊詐欺の人間だと思われるだけさ」

「うう、あ、ああ……」

「だから泣くなって。ほら、銀行印と、身分証も必要だからな」

「……死にたいよ、もう」

「ふざけたこと言うなよ。金がないから葬式だって出せないだろ。ほら急げって。銀行の窓口が閉まるじゃないか」

2

コンビニのATMに入れたキャッシュカードが、取引不能で返却される。

(気づかれたみたいだな……)

加地幸則はキャップを目深にかぶり直し、足早にコンビニを出た。

カードが使えないのは想定内だった。すでに口座の金は、千円未満の端数を除いて引き出してある。今回は新たな入金があるかもしれないと、念のため確認したに過ぎない。

よって、不要になったカードを処分すれば、それでおしまいだ。

幸則が担うのは、特殊詐欺の出し子と称される役割だ。もっとも、それは世間的な通称である。彼が属するグループ内では「オロシ」と呼ばれていた。ATMから金を下ろすからである。

カードが使えないのなら、すでに警察が動いている可能性がある。そうなると、今のコンビニの防犯カメラも調べられるだろう。

だが、それで自分の身元がバレることはない。幸則は確信していた。

なぜなら、マスクで顔の下半分が隠れている。キャップの鍔で遮られ、目のあたりも見えない。着ているものも特徴のないパーカーで、歩き方も意識して普段とは変えた。

そもそも、防犯カメラの映像が公開されたことで逮捕された人間が、過去にどれだけ存在したのか。顔が映っていたにもかかわらず、逃げおおせたやつなどいくらでもいる。余程の特徴でもない限り、一般市民は誰ひとり憶えちゃいないのだ。

これは幸則に指示を出す上役の受け売りだった。しかし、彼自身、確かにそうだなと納得できた。

それでも変装じみたことをしたのは、念には念を入れてである。当然、捕まりたくはなかった。

捕まりたくないのなら、捕まるようなことをしなければいい。そういう常識的な見解を、幸則はちゃんと持っていた。自らが悪事に荷担していることもわかっているし、一刻も早くやめたかった。

けれど、それは容易なことではない。

今の状況を招いたのは、他ならぬ自分自身である。己の軽率さを、幸則は数え切れないほど悔いた。

叶うのなら、泥濘に足を踏み入れたあの日に戻りたい。そうすれば、過去の自分をぶん殴ってでもやめさせるだろう。

幸則は悪事を良しとするような人間ではない。むしろ真面目な性格であった。学業にも熱心に取り組み、高校まで成績も上位をキープしていた。

大学に進学しなかったのは、家庭の事情に因る。母子家庭ということもあって、金銭的に難しかったのだ。

入れ替わりで妹も高校生になるから、そちらにもお金がかかる。そのため、進学したいと口にすることすらはばかられた。

とは言え、完全に諦めたわけではない。

幸則は高校卒業後、市内の工務店に就職した。大学で学ぶのに必要な額のお金を貯めるために。もちろん、家計も助けるつもりだった。

　工務店を選んだのは、給与の面で最も待遇がよかったからだ。住宅建設やリフォームが主な仕事で、ものを作ることが好きだった自分に合っていると思った。実際、見習いのときからやり甲斐を感じたのだ。

にもかかわらず、貯金が目標額に達する前に、一年半ほどで退職した。嫌なものを多く見せられたからである。

　幸則は大学進学のために働いていた。ところが、そういう目的意識を持って仕事に励む同僚は、他にいなかった。

ほとんどは収入を得て酒を飲めればいいというぐらいの、享楽的な人生を送っている者ばかり。年齢層は様々ながら、年配でも家庭を持っているほうが少数派だった。

　そんなふうだから、仕事への取り組みも真面目とは言い難い。現場監督の目が届かないとすぐサボろうとするし、施工の手抜きもかなりあった。

　そのやり方で本当に合っているのかと、幸則は手抜き作業を目にするたびに質問した。半ば抗議の意図でそうしたのだが、新入りは黙っていろと、その度(たび)に撥(は)ねつけられた。

就職した工務店は従業員の出入りが頻繁で、慢性的な人手不足でもあった。自国民だけでは仕事が回せず、外国人労働者も一定の割合で雇っていた。

仕事への取り組みぶりは、日本人よりも外国人のほうが上だった。彼らは生活費の他に仕送りもあるのだろう、一円でも多く稼ごうと頑張っているのが窺えた。だが、意思の疎通が困難なときも多く、現場監督や同僚が持て余す場面も少なくなかった。

中には不法滞在の者もいたらしい。立場が弱いから、給与をピンハネされても何も言えない。また、就労ビザがあっても、外国人だからと適当な理由をつけて昇給させてもらえず、不要な手数料を差っ引かれる。

彼らは真面目に働くわりに、日本人と比べると待遇は悪かった。どうせ言葉がわかるまいと、つけ込まれていたわけである。中には素行の良くない連中から悪い遊びを覚えさせられ、職場からドロップアウトする者もいた。

それら不正の数々や、倫理に反するものを目にするうちに、これでいいのかという思いが強まる。社員である自分も共犯のような気がして、罪悪感も募った。

幸則が工務店を辞めたのは、良心の呵責に耐えられなくなったためだ。

汚れた金で大学に行き、学ぶことにどんな意味があるのか。時間がかかってもいいから、真っ当な仕事で金を得たかった。

　かくして次の仕事を探していたとき、高校時代の友人たちとたまたま会った。大学に進学し、青春を謳歌している者たちだ。

　幸則が進学資金を稼ぐために就職したと知って、彼らは大いに感心し、頑張れよと励ましてくれた。それはきっと本心だったのだろうが、口ではありがとうと感謝を示しつつ、胸底では妬みと羨望が渦巻いた。

　何の苦労もなくキャンパスライフを送る彼らは、余りに眩しかった。住む世界が違うと思い知らされた気すらした。果たして追いつけるのかと、幸則は焦りや不安を覚えた。

　やはり、一刻も早く金を稼ぐ必要がある。時給の安いアルバイトではなく、実入りのよい仕事を探さねばならない。

　同じく高校の同級生で、先の大学進学組とは別の友人である田辺に会ったのは、二日後のことだった。幸則が次の仕事を探していると彼らに聞いて、話があると連絡してきたのである。

「大学進学の金が必要なんだって？」

　会ってから訊かれ、「まあな」と曖昧な返答をしたのは、高三で同じクラスだったとは言え、そこまで親しくなかったからである。幸則の電話番号も、くだんの大学組のひとりに教えてもらったそうだ。

ただ、同じく就職組だったのに、田辺は見るからに羽振りが良さそうだった。ブランド物の知識など皆無に等しい幸則でも、彼のスーツや腕時計が安物ではないことぐらいわかった。

「お前さえよければ、仕事を紹介できるけど。短期間でけっこう稼げるんだが」

やばい仕事じゃないのかと、喉まで出かかった疑問を呑み込む。かつての級友を犯罪者扱いすることをためらったのだ。それでも、信用するまではいかないので、やんわりと断るつもりでいた。

もっとも、怪しいと疑われることぐらい、向こうも想定していたらしい。

「もちろん真っ当な仕事だけど、何よりも信用と信頼が第一だから、誰にでも紹介できるわけじゃない。おれはお前のことを知ってるし、高校のときだって、どうして進学しなかったのか不思議なぐらい優等生だったじゃないか。だからこそ、任せられると思ってるんだ」

人間を見て声をかけたと言われ、それなら話を聞いてもいいかなと気持ちが傾く。

やばい仕事なら、そういうのが相応しい粗雑な人間にやらせるだろう。それこそ、幸則がいた工務店の従業員みたいなやつらに。

「ただ、おれはお前を知ってるけど、会社の上の連中は知らないわけだろ。いちおう推薦はできるけど、決定するのはおれじゃない。だから、身元を明らかにする書類が必要なんだ」

信用調査をするために、マイナンバーカードと保険証のコピーをファックスしてほしいと言われ、幸則は了承した。現物を渡すわけではないし、身分証のコピーを提出することぐらい、他でもあったからだ。

それでも、念のために田辺から渡されたファックス番号をネット検索した。すると、彼の言った人材派遣会社がヒットしたため、安心したのである。

数日後、その派遣会社の採用担当を名乗る人物から連絡が入った。

いちおう採用の方向で考えるが、どこまで仕事が出来るか確認するため、試験も兼ねてやってもらいたいことがあるという。仮に不採用になっても、日当は払うとのことだった。

当日、指定された場所に赴くと、スーツ姿のいかにもビジネスマンという男から、ブリーフケースを渡された。これを取引先の事務所に持っていき、代わりに荷物を受け取って、別のところへ運ぶとのこと。

何だか間怠っこしいなと、幸則は思った。要はお使いであり、わざわざひとを雇わなくても、最初の男がひとりでやればいい。あるいは宅配業者に頼むとか。

その点については、事前に説明があった。運んでもらう書類や物品は、時間に遅れることなく、確実に届けてもらわねばならないのだと。よって、信用できる人間に託すようにしているとのことだった。

実際、ブリーフケースを事務所のカウンターに出すと、身分証の提示を求められた。それで幸則であると確認した上、サインも求められたのである。これは受け取った荷物を運んだ先でも同様だった。そして、仕事の報酬として二万円が渡されたのである。

徹底した本人確認に加えて、高額な報酬。幸則は本当に重要な任務なのだと実感した。また、仕事としても問題ないと信じられた。

採用が決定し、幸則はほぼ一日おきに、似たような運搬の仕事を依頼された。報酬は最低で二万、多いときは五万円もあった。

交通費もあとで精算され、口座に振り込まれるという。月末には支払い調書も送られてきたので、ちゃんとした会社なのだと納得した。

仕事内容に変化が見られ出したのは、翌月からだった。

それまではケース入りか、もしくは包装がきちんとしていたのに、運搬物があからさまに雑な外観になった。最初に渡してくる人物の風貌や身なりも怪しくなり、運んだ先でサインを求められることもなく、ほぼ顔パスのような扱いをされだした。

何かがおかしいと感じつつも、仕事の依頼が途切れない。高額な報酬も捨てがたく、首をかしげながらも言われたことを忠実にこなした。

そんなとき、キャッシュカードを手渡され、ATMで現金を下ろすよう言われたのである。

どことなく非合法な匂いを嗅ぎ取っていた幸則は、いよいよ悪事の片棒を担がされるのだと悟った。これは明らかに特殊詐欺の出し子ではないか。

「誰の口座から引き出すんですか？」

幸則は震える声で訊ねた。

「お前が知る必要はない」

そう答えたのは、その月から指示役になった滝沢という男である。いつも電話だったのに、その日は指定された場所に、カードを持って現れたのだ。

声や言葉遣いはそうでもなかったが、対面すると体格のいい、何でも力でねじ伏せてしまいそうなタイプの男に見えた。そのため、正直なところ怖じ気づいていたのだが、

「そんな……誰のものかわからない口座から、お金は出せません」

精一杯の抵抗を示したのは、悪事を働きたくないという思いからだった。

「今さら何を言ってるんだよ」

滝沢は小馬鹿にした顔つきでフフンと笑った。

「これまで運んできた荷物が、素性のはっきりしたものだと思っているのか？おめでたいやつだ」

「だったら、あれは何だったんですか？」

「いろいろさ。現金もあれば薬物もある。詳しく話せないヤバいやつもな。早い話が、お前はヤクの運び屋であり、詐欺やらマネーロンダリングやらの手助けをしていたってことさ。それも、最初から」

幸則は足元が揺らぐ気分を味わった。思考が停止し、言葉も出てこない。最近の仕事に不信感を抱いていたのは確かながら、まさか最初から悪事に荷担させられていたとは思わなかった。

「すでにお前は、数え切れないほどの罪を重ねている。前科何犯になるんだろうな。しかも、お前が関わった証拠だって残ってるんだぞ」

「え、証拠——」

不意に思い出す。荷物を運んだ先でサインをさせられたことを。あれは確実に届けたという証明ではなく、自分が関わった証拠として書かされたのか。

「わかったか？　お前はもう、おれたちの組織から抜けられないんだよ。まあ、刑務所に入りたいっていうのなら別だが」

頬がジーンと痺れ、瞼の裏が熱くなる。何てことをしてしまったのかと後悔しても、すでに手遅れだった。

——いや、こんなことを続けていいはずがない。

自首しようと、幸則は瞬時に決断した。逮捕され、服役することになってもかまわない。今からでも償って、真っ当な人間として生きたいと願った。たとえ、進学の道が断たれることになっても。

そんな幸則の内心を察したように、滝沢が悪辣な笑みを浮かべる。

「ああ、それから、逃げようなんて考えないほうがいいぞ。裏切り者には制裁が付きものだからな。お前がいなければ、お前のおふくろや妹が、代わりに酷い目に遭うことになる」

幸則はギョッとした。家族のことは、この仕事関係の誰にも話していなかったからだ。そもそも誰かと一緒に動いたことはなく、受け渡しで関係者と接する以外は、常に単独行動だったのである。

では、最初に仕事を持ちかけてきた田辺がと思ったところで、滝沢が意味ありげに目を細めた。

「お前のことなら何でも知ってるよ。おれたちの情報網を舐めないほうがいい」

それはただのハッタリではあるまい。なぜなら、最初にマイナンバーカードや保険証のコピーを渡している。信用を調査するためだなんて嘘っぱちで、こちらの弱点を握るために必要な情報だったのだ。

非合法なことをしている連中となれば、暴力団など裏社会の連中とも関わりがあるのだろう。そんなやつらに母や妹が襲われたらと考えるなり、自首の決断が雲散霧消した。

「わかったら、さっさと金を下ろしてこい」

滝沢の命令に、幸則はうな垂れるようにうなずいた。

以来、幸則は滝沢に命じられた仕事をこなした。母や妹に危害が加えられる恐れがある以上、従うしかなかったのである。

仕事内容は金の引き出しが主になり、たまに荷物（おそらくは現金）の運び屋をさせられた。連中は手広く悪事を働いているのが窺え、中でも特殊詐欺が多いようだった。

他の役割をこなすメンバーとの繫がりは、ほとんどなかった。互いに連絡を取り合われたら結託され、裏切られるかもしれない。そんな疑念があったのではないか。

事実、幸則が田辺に連絡を取ろうとしたところ、最初にかけてきた電話が通じなかったのだ。よくも騙して悪事に引き込んでくれたなと、文句を言いたかったのに。そのため、彼がどんな役割を担っているのかも不明だ。

どうやら命令系統から仕事の分担まで、細かなところもシステマティックに運営されている組織らしい。それだけに、とんでもないものに取り込まれたという恐怖心が募った。

電話やメールで指示をするのは滝沢だが、彼は組織のトップの人間ではない。自分は組織を牛耳っているわけではないと、他ならぬ本人が言ったのである。

「おれなんかよりも気の荒い連中がうようよいるし、そいつらを束ねるだけの力を持った方が上にいるんだ」

だから、裏切ったらどうなるかわかるだろうと、滝沢は思わせぶりに忠告した。

もはや逃げることはできない。警察の手で組織が潰されでもしない限り、たとえ望まぬことでもするより他なかった。

ＡＴＭで誰のものともわからぬ口座の金を下ろしながら、幸則は胸を痛めた。自分は善良な市民から金を奪う卑劣漢なのだと。

仕事が増えても、報酬は以前よりも減らされた。高い金を払う必要がなくなったと見做(みな)されたからだろう。あれは幸則を深みにはめるための経費だったのであり、もはや逃げないとわかれば、無駄金を払う必要はない。

実入りが減ったことに文句はなかった。これで大金まで受け取ったら、自己嫌悪が募ってどうかなってしまったに違いない。

いったいどうすれば組織から離れられるのか。それだけが幸則の関心事であった。

後釜を見つけたらやめてもいいと滝沢は言った。しかし、彼はトップの人間ではないし、そんな口約束は当てにならない。そもそも、代わりに誰かを悪の道に引き込むなんて、幸則にできるはずがなかった。

また、仕事をこなして収益を上げ、組織内の地位が高くなれば、自分の思いどおりになるとも言われた。もちろん従えるはずがない。それは悪党どもに利益をもたらすのと同義なのだ。

むしろ幸則は、組織を潰したかった。

しかしながら、妙な動きをしたら母親や妹が狙われる。だいたい、非力な自分に何ができるというのか。家族を守るためにと命令に従い、さながら駒のごとく動くしかない状況で。

気がつけば、近頃ではほとんど惰性的にATMを操作していた。罪悪感も抱かないままに。

むしろ、思いどおりに金が手に入ると、喜びすら感じていたのだ。

（どうなってしまうんだ、おれは――）

自分が訳のわからない怪物になるようで、幸則は怖くてたまらなかった。

3

「あのね、友達のおばあちゃんが詐欺に遭ったんだ」

夕食の席で、長女の真菜美が唐突に言う。

「え、詐欺？」

山代忠雄は眉をひそめた。

彼は東京地裁民事部の判事だ。犯罪行為が聞き捨てならないのは当然である。

まして、娘の友人の祖母が被害者とあっては。

「特殊詐欺っていうの？　銀行のキャッシュカードを騙し取られて、口座のお金をほとんど盗まれたんだって。何百万とかあったっていうのに」

「警察には届けたのかい？」

「うん。だけど、犯人をすぐに捕まえるのは無理みたい。そういうものなの？」

真菜美の問いかけに、忠雄は渋い顔をつくった。

「まあ、余っ程の間抜けか、証拠がいくつもあるって場合を除けば、逮捕には時間がかかるだろうね」

「そうなんだ……」

「それに、捕まるのは末端の人間ばかりで、詐欺グループそのものが摘発された例もあまり聞かないな」

言ってから、忠雄は（しまった）と悔やんだ。長女の表情がいっそう暗くなったからである。

「まあ、場合によっては、銀行が被害金額を補償してくれるはずだが」

少しでも希望になればと思ったのに、真菜美は悲しげにかぶりを振った。

「それも難しいんだって。過失っていうの？　カードを盗られたほうに責任があるから、銀行もお金を出してくれないみたい。冷たいよね」

やるせなげに言われても、かけるべき言葉が見つからない。だいたい、すべての詐欺被害を補償していたら、銀行も潰れてしまう。

また、仮に犯人が逮捕され、詐欺グループが摘発されても、お金が戻ることはあるまい。とっくに使われているだろうし、被害者が多ければ発見された金を分配することになる。雀の涙ほどの金額で諦めるしかない。

（まったく、年寄りから金を奪うなんて、どれだけひとでなしなんだ）

犯人たちにだって親や祖父母がいるはずだ。身内が被害者になったらと考えないのだろうか。

「ねえパパ、とくしゅさぎってなあに？」

小学二年生の次女、阿由美（あゆみ）が小首をかしげる。どう説明すればいいのかと返答に詰まった父親の代わりに、高校二年生の姉が、

「お年寄りを騙してお金を盗ることよ」

簡潔な言葉で答えた。

「そんなひどいことをするひとがいるの？」

驚きと憤慨（ふんがい）の入り交じった顔を見せた愛娘（まなむすめ）に、忠雄は安心した。ああ、ちゃんと正義の何たるかを心得ているのだなと。流石（さすが）は我が子だ。

もちろん、ただの親バカである。

「そんなわるいひとたちは、パパがさいばんでこらしめてあげるといいよ」

刑事裁判と民事裁判の違いなど知る由（よし）もない阿由美が、忠雄に期待の眼差しを向ける。そのとき、反射的に真菜美の顔色を窺ったのは、また厭味（いやみ）を言われるのではないかと思ったからだ。

ミステリー好きの長女は、民事裁判なんて賠償金が幾（いく）らと言い渡すだけでつまらないと決めつけている。そのため、民事畑の父親を小馬鹿にしていた。

今日もまた、パパにそんなことができるわけがないなどと、侮蔑（ぶべつ）を込めた発言

が出るものと思えば、

「ねえ、パパは特殊詐欺事件の裁判官を務めたことはないの？」

と、やけに真剣な面持ちで訊ねたものだから面喰らう。それだけ友達の祖母を気にかけているのか。

「ああ、ええと、たぶんなかったと思うけど」

そう答えた瞬間、不意に記憶が蘇る。特殊詐欺そのものではないが、付随する訴訟に関わったことがあったのだ。

地裁での民事裁判は、基本的にひとりの裁判官が単独で審理する。だが、規模の大きな訴訟や複雑な事案では、三人の合議制を取ることがある。

そして、忠雄が右陪席裁判官として加わったのが、特殊詐欺――当時はまだオレオレ詐欺という呼ばれ方が一般的だった――捜査における損害賠償について、求償権行使を求める住民訴訟だった。

そのとき、忠雄は自身単独の訴訟で忙しく、判決文なども後輩の主任裁判官に任せっきりだった。もうひとりの左陪席裁判官は新人の判事補だったから、後輩の判事がほぼひとりで担当したに等しかった。そのため、もっと深く関わるべきだったと、あとで悔やんだのである。

（たしか捜査官の暴言で、被害者が自殺したんだよな）

頼りない記憶をほじくり返す。特殊詐欺で虎の子の財産を奪われた高齢者を、担当の刑事が非難し、愚かな年寄りが警察の手を煩わせるんだというようなことを言ったらしい。

その後、被害者である高齢者が、自ら命を絶ったのだ。

公務員の過失で損害が発生した場合、公務員本人が賠償責任を負うことはない。国や公共団体がその任を負うのである。これは国家賠償法の第一条一項で規定されている。

自殺した高齢者の遺族は、刑事の暴言のせいで絶望し、自ら命を絶ったのだと訴えた。ところが、暴言と自殺の因果関係が明確に示されず、また、刑事の同僚も、そこまで酷い言葉遣いではなかったと証言した。

音声記録などは残っておらず、根拠となるのはその場にいた者の証言のみである。結果として、判決ではお見舞い金程度の賠償額しか認められなかった。

おさまらないのは遺族である。賠償金の少なさ以上に、当事者である刑事から謝罪すらないことが我慢ならなかったという。

どうあっても本人に償いをさせたいと、遺族は住民監査請求を経て、求償権を行使することを請求する住民訴訟を起こした。忠雄が右陪席裁判官として加わったのがこれである。

公務員が基本的に賠償責任を負わないのは、いたずらに畏縮することなく、職務が円滑に運営されるようにという考えからだ。それでも、故意または重大な過失がある場合、国または公共団体は、損害の一部を公務員個人に負担させられる。国家賠償法の第一条二項に定められているこれが、求償権である。

もっとも、求償権行使を求める訴訟は多くが却下、棄却される。原告が一部でも勝訴する事例は稀であった。

先の件についても、刑事の発言と被害者の自殺との因果関係も証明されていない上に、そもそも賠償額が少なく、個人に負担を求める必要性に欠けると、東京地裁で棄却された。忠雄はいちおう判決文を確認したが、法的根拠の誤りはなく、妥当なところだろうと同意したのである。

その後、遺族が上訴したかどうかは不明だ。ただ、今になってあの訴訟を思い出したのは、真菜美からの問いかけのみが理由ではなかった。

どんな裁判であれ、時間の許す限り審議して、たとえベストでなくてもベターな判決を出す。それが裁判官としての、忠雄の矜持であった。そのため、合議制とは言え裁判にしっかり関われなかったことに、当時は悔やむ気持ちが大きかった。

こうして容易に記憶が蘇ったのも、心の片隅に蟠りが根深くこびりついていたためだろう。加えて先日の出来事も、契機のひとつになったようだ。

《警察を信用できるなんてのは、おめでたい連中ばかりですよ――》

あいつの言ったことが、頭の中でリフレインされる。

「どうしたの、パパ？」

真菜美の問いかけで我に返る。急に黙り込んだ父親に、訝る眼差しを向けていた。

「ああ、ごめん。ちょっと裁判のことを思い出してね。今ちょうど、特殊詐欺とは異なる詐欺事件を扱っているんだ」

適当に誤魔化すと、長女がやれやれという顔を見せる。

「お金を幾ら弁償するのかって話でしょ。どうせなら、悪いヤツを懲らしめるような裁判を担当すればいいのに。友達のおばあちゃんを騙した詐欺師に、罰を与えるみたいな」

相変わらずの民事軽視に、眉をひそめた忠雄である。

それでも、真菜美がいつもどおりの言動を示したことに、安堵もしていた。友達の祖母のことで、かなり沈んでいるようだったから。

もちろん彼女は、父親が本来の職場とは別の法廷で、悪人たちを制裁していることなど知らない。

忠雄があいつ――弁護士の磯貝修実と同じ店に居合わせたのは、つい一昨日のことだ。

その日、忠雄は同僚と飲んだあと、たまに利用するショットバーにひとりで向かった。普段、外で飲むことはあまりなく――妻の初美がいい顔をしないし、小遣いも少ないのである――せっかくの機会を満喫したかったのだ。

そこはカウンターがメインで、縦長の店内には、他にふたり掛けの小さなテーブルがいくつかあるのみ。お客は少なく、忠雄はカウンターの真ん中あたりで、シングルモルトの香りと味を愉しんだ。

間もなく、ふたり連れの男性客が入ってきた。振り返って確認せずとも、声高なやりとりでそうだとわかった。

「あんなやつらを捜査のプロとは呼べねえよ。単なるサラリーマンなんだから」

「それは、まあ、うん」

外からの会話を続けながら、忠雄の斜め後ろのテーブルに着く。

(チッ、静かに飲みたかったのに)

胸の内で舌打ちをしたのは、彼らが喋りっぱなしだったからである。注文した酒が届く前も後もずっと。

特にひとりの声が大きく、聞こうとせずとも話が耳に入ってきた。

「ほら、あれだよ。ドラマや映画で格好良く描かれるもんだから、警察官や刑事が犯罪捜査のプロみたいに思われてるんだ。だが、あれはフィクションだし、名刑事なんて警察組織のどこにもいやしない。実在したら迷宮入りの事件なんてなくなるはずだからな」

内容のみならず、口振りからも警察への不信感が大きいとわかる。いや、いっそ侮蔑、憎悪しているに等しい。

悪事を働いて逮捕された者が、逆恨みでくだを巻いているのか。もっとも、そこまで酔っている雰囲気ではなく、むしろ理路整然と非難しているようであった。多分に偏見は入り交じっているようながら。

「だいたい、大した学校も出ていないようなやつらが、たかが半年やら十ヶ月やら警察学校に入ったところで、何を学べるっていうんだよ。もともと学識も知性もない、体力馬鹿なだけの連中なのに」

刑事事件を直接扱うことはないにせよ、忠雄とて警察官と同じく、司法の人間である。何の誤りもなく捜査が遂行されているとは思わないけれど、そこまで毛嫌いされる謂れはないと感じた。

（いったい何者なんだ？）

気になって、顔を少しだけ背後に向ける。間の悪いことに、ちょうど向こうもこちらに顔を向けていたため、まともに目が合ってしまった。

「おお、これは」

意外だという顔をされて、ドキッとする。どうやらこちらを知っているらしい。

（……あ、こいつは）

弁護士の磯貝修実だと、間を置いてわかった。

誰なのか理解するのに時間がかかったのは、直に顔を合わせたことがなかったからだ。

磯貝は刑事事件が専門であり、法廷で一緒になったことはない。ただ、向こうはすぐにわかったようだから、地裁内でこちらを見かけたことでもあったのか。もっとも、彼は愉しげに口角を持ちあげたから、忠雄に何らかの関心を持っているようである。

忠雄のほうは、人権派で知られる磯貝が、メディアに登場したときの写真や映像で顔を知っていた。加えて、ある意味因縁の相手でもある。

ふたりに共通して関わった人物は、妊婦のみならず、胎児までも悪意を持って殺害した杉森和也だ。忠雄は民事での損害賠償訴訟を裁いたのだが、刑事裁判において彼を弁護したのが磯貝であった。

レイプ目的からの快楽殺人を成し遂げた非道な若者——和也は犯行当時十九歳だった——を、磯貝は年上の女性に甘えたかっただけだと弁護した。殺したのも、抱きついたところ抵抗され、気が動転したためであると。凶器を持参した点についても、孤独な少年が自衛のために所持していたのであり、犯行とは関係なかったと説明した。

その主張がすべて受け入れられたわけではなかったにせよ、初犯だった和也は懲役十三年の刑が確定した。

弁護士は被告人の利益のために働く。よって、弁護方針に文句をつけるつもりは毛頭ない。

だが、磯貝は厳罰、特に死刑判決を回避するためならば、詭弁を弄することも躊躇しないと聞いていた。そんな主義を無闇に押し通されたら、真実を明らかにできないではないか。

同じく司法に携わる者として、忠雄は彼に良い感情を持っていなかった。

どうしようもない悪党は、残念ながら存在する。制裁のために、時には究極の手段を選択せねばならない。

それこそ和也のような殺人鬼は、娑婆に出したら取り返しのつかないことを繰り返す。そう判断したから、忠雄が自らやつを「処分」したのである。

和也の件だけで、蟠りを抱いているわけではない。磯貝は、多くの死刑囚たちと面会し、再審請求を働きかけているとも聞いていた。

死刑が赦せないのなら、反対運動でも何でもすればいい。しかし、いたずらに混乱を招くようなやり方には賛同できなかった。警察に検察、裁判所と、すべてに対して挑戦状を叩きつけているようなものだ。

そういうこともあって、忠雄は『嫌なヤツに会った』と思った。

「どなたかと思えば、ご高名な山代判事殿ではありませんか」

厭味以外の何ものでもない挨拶に、我知らず顔をしかめる。相手をするのも忌ま忌ましく、「どうも」と頭を下げただけでカウンターのほうに顔を戻した。

「じゃあ、おれはこれで失礼するよ」

そう言ったのは、磯貝の連れであった。

「おお、お疲れ。またな」

ふたりがあっさり別れたものだから、忠雄は嫌な予感を覚えた。そして、もしやと危ぶんだとおりになる。

「隣、失礼しますよ」

磯貝がグラスを手に移ってきたのである。しかも、こちらの返事を待つことなく、隣のスツールに腰掛けた。

久しぶりにひとりでゆっくり飲みたかったのに、こんなかたちで邪魔されるなんて。しかも、好ましからざるやつに。

忠雄は不機嫌をあからさまにした。顔が強ばっているのが、自分でもわかるほどに。知らないうちに彼を睨みつけていたかもしれない。

にもかかわらず、磯貝は平然と自身のグラスを掲げ、「乾杯」と言ってのけた。

（まったく、なんてヤツだ）

無神経なのか、厚顔無恥なのか。弁護士という、対人スキルが求められる仕事なのに、相手の顔色を窺うこともできないなんて。

だから法廷でも、被害者や遺族の気持ちなど考えず、妙な理屈をこねまわすのだ。胸の内で批判しつつ、無視してシングルモルトに口をつけたところ、

「おやおや、ご機嫌斜めのようですね」

ようやく気がついたふうに、磯貝が肩をすくめる。とは言え、不愉快なニヤニヤ笑いを浮かべており、自分のせいだとは思っていないようだ。

浅黒い顔にほうれい線や額のシワが目立つため、かなり年を重ねているように見える。彼はオールバックの髪も半分以上が白髪ながら、五十五歳の忠雄よりも年齢は下のはずだ。

実際、全身から気力が満ちあふれているかに映る。忠雄が裁判官を務める別組織――東京ゼロ地裁――のメンバーである谷地修一郎は四十路前で、普段からエネルギッシュであるが、磯貝も彼に負けていない。

それゆえに、親しくもないのに接近されても、撥ねつけづらかった。

だが、再審請求の目的を聞き出せるチャンスかもしれない。ゼロ地裁のメンバーにも、磯貝の動きを探るよう指示していたのである。

「最近、忙しくしているようだね」

思わせぶりに質問すると、磯貝は虚を衝かれたふうに目を見開いた。

「まあ、それなりに訴訟は抱えていますが」

「それだけじゃなくて、自分から依頼人を勧誘しているそうじゃないか。拘置所を回って」

そこまで言われて、何のことか理解したらしい。

「ああ」

うなずいて、磯貝がグラスに口をつける。大きな氷がカランと音を立てた。

「勧誘とは人聞きが悪いですね。再審請求は有罪になった者の権利なんですから、そのことを教えて回っているだけですよ」

「それで再審を請求する者が出てきたら、弁護を買って出るんだろ？」

「相手が望めばの話です。私も弁護士として、正義を追求したいので」

正義が聞いてあきれると、喉まで出かかった言葉を呑み込む。法廷で接したこともないのに、あれこれ言うのは出過ぎた真似かと思ったのだ。

それに、忠雄にも探られたくないことがある。いたずらに関心を惹いて、行動を探られるのは避けたかった。

「さっきの話し振りだと、正義の追求というより、警察への私怨みたいに感じられるけどね」

連れとの会話を思い出して告げると、磯貝が苦笑する。

「おや、聞こえてましたか」

あれだけ大きな声で話していながら、聞こえてましたかもないもんだ。

「静かに飲んでいたから、自然と耳に入ったんだ」

優雅なひとときを邪魔された恨みも込めて厭味を言う。しかし、そんなことで悪びれるような男ではなかった。

「再審請求は私怨ではありません。まあ、警察の連中をイラつかせたいというか、やつらのやり方を改めさせたいのは間違いないですが」

「つまりは嫌がらせか？」

「そう思っていただいてもかまいません」

あっさり認めたものだから、忠雄は面喰らった。彼の面差しが真剣そのもので、ただ司法界をかき回しているだけではなく、確固たる信念のようなものが感じられたためもあった。

「正直、警察の捜査に追従する検察や、やつらの主張を鵜呑みにする裁判所にも言いたいことはあります。ただ、とりあえず諸悪の根源たる警察をどうにかしないことには、正義の実現など不可能です」

そこまでの決めつけをする磯貝に、忠雄は驚きを隠せなかった。

被告人は警察や検察と対峙する立場だから、弁護士として彼らにいい感情を持たないのはうなずける話である。但し、あくまでも捜査方法に過ちや不備がある場合だ。警察が悪人を捕まえることまで、磯貝は否定はしまい。

つまり、それだけ目に余る捜査が多いというのか。

「ところで山代判事は、警察の捜査能力をどれほど信頼しているのですか？　民事訴訟では、直接関わることはないと思いますが」

唐突な質問に戸惑いつつ、

「どれほどって……まあ、しっかりやっていると思うよ」

忠雄は無難な答えを返した。すると、磯貝が不満げに眉をひそめる。

「これはまた、山代判事らしからぬお答えですね」

「どういう意味だ？」

「杉森和也のことは憶えてらっしゃいますよね？」

内心ギョッとしたものの、動揺を表に出さぬよう表情を引き締める。

「ああ、もちろん」

「山代判事は民事での損害賠償請求訴訟を担当されましたが、刑事裁判の判決も当然ながらご存知ですよね」

「うん。それが？」

「私がどのような弁護をしたのかも」

「いちおう記録は読んだ」

注意深く短めの返答に徹していると、磯貝がニヤリと笑う。

「なるほど。感情を表に出さず、真実のみを見極めようとする冷静な知見があるからこそ、杉森がレイプ目的で犯行に及んだのを見抜いたのですね」

忠雄は驚いた。称賛を浴びたのもさることながら、彼が弁護した内容とは真逆のことを事実と認めたからだ。

「ということは、磯貝さんも杉森の犯行動機を知っていたと？」

「もちろんです」

「それは本人が喋ったから？」

「そこまではっきりとは言ってません。だが、私も数多（あまた）の犯罪者を弁護してきました。何を隠しているのかぐらい、おおよその見当はつきます」

ということは、被害者に甘えたかった云々という弁護は、あくまでも刑の軽減を狙ってのものだったのか。

「じゃあ、犯行時少年だったから、少しでも刑を軽くしてやりたかったというのか?」

「いいえ。あんな残酷なことをするやつは、いっそ極刑でもかまわないと思ってました」

およそ人権派らしからぬ発言に、忠雄は耳を疑った。

「極刑って——磯貝さんは死刑反対論者だと思っていたのだが」

「ええ、反対です。なぜなら警察が信用ならないからです。今のままでは、罪もない人間が命を奪われる可能性がありますから」

免田、財田川、松山、島田の各事件は、死刑判決が確定しながら、再審で無罪になった。また、すでに死刑が執行された中にも、冤罪が疑われるものがある。死刑判決ではなくても、のちに冤罪だと判明した例は数知れない。

しかも、冤罪事件では、警察の捜査に問題があったと指摘されることがほとんどなのだ。

「つまり、警察の捜査に何ら問題がなければ、死刑制度には反対しないというの

か い？」

「そういうことです」

「じゃあ、動機をねじ曲げて被告人を弁護したり、死刑囚に再審請求を働きかけているのも」

「要は警察への嫌がらせです。お前たちがちゃんと捜査しないとどういうことになるのか、肝に銘じておけと訴えるためです」

磯貝は嫌がらせと言ったが、正義を追求するために、警察組織に挑戦状を叩きつけているわけである。彼の目は、その向こうにいる検察や裁判所も捉えているのだろう。

「ですから、私は山代判事を尊敬しているのですよ」

「え？」

「あやふやになった刑事裁判の結果に振り回されず、杉森の動機を厳しく追及していたと聞きました。他の訴訟でも、判事は人証調べに時間をかけて、常に真実を求める姿勢を崩さないのだと。だからこそ、弁護士仲間にも一目置かれているんです」

何があったのかを詳細に調べるのは、ゼロ地裁の活動にも関わっている。すべてをはっきりさせないことには、制裁が執行できないのだ。

しかしながら、そんなことは磯貝に話せない。

「そんなのは裁判官として当然だよ」

謙遜して答えると、彼が距離を詰めてきた。

「その当然のことができない連中が多すぎるんです。特に警察がそうです。見込みで捜査を開始して、その見込みからはずれる証拠や証言を排除する。要するに、自分たちのこしらえたシナリオにのっとって、やつら自身が事件を作っているんですよ」

磯貝の論に反対できなかったのは、民事畑にいる忠雄でさえ、その類いのことを何度も耳にしたからだ。すべてがそうではないにせよ、その傾向にあるのは事実だろう。

「やつらには現場から事実を読み取る能力なんてありゃしません。それはそうでしょう。何の素養もない人間が、安定した職を求めて集まってるだけなんですから。そこらの木っ端役人と変わりないんです。いや、木っ端公務員か」

駄洒落を口にしつつも、磯貝は憤慨していた。さっき、私怨ではないと言ったが、根深い恨みがあるように思えてならない。

「それは言い過ぎじゃないのかな。そりゃ、中には能力的に劣る者もいるだろうけれど、大多数の警察官は、それこそ正義のために働いていると思うが」

　やんわりたしなめても、彼は主張を改めなかった。

「大多数がボンクラです。優秀な警察官のほうが少数派ですよ」

「どうしてそんなことが言い切れるんだ？」

「もしも大多数がまともなら、組織的な隠匿(いんとく)なんてできないはずでしょう」

　磯貝は断言すると、酒をあおって喉を潤(うるお)した。

「いくら捜査の問題が指摘されても、警察から出てくるのは、あれは間違いなかったと己を正当化する言説のみです。当時のことを知らない上の人間が、たまたまそういう地位にいたがために、冤罪被害者や遺族に型どおりの謝罪をすることはあっても、当事者たちは頑として過ちを認めません。そして、事実を知っている連中はだんまりです」

　すべてがそうだという決めつけにも、忠雄は黙って耳を傾けるしかなかった。

「冤罪だとわかっても、彼らは再捜査をしません。真犯人が判明したら、自分たちの間違いが白日(はくじつ)の下(もと)に晒され、面目(めんぼく)丸つぶれになるからです。かくして、悪人は市井(しせい)に紛れたまま、のうのうと暮らすんです。どうですか？　まともな人間のほうが多数なら、こんな現状を許しておくはずがありません。内部から浄化して、膿を出し切るでしょう。なのに、責任を取って辞める人間も、辞めさせようとする人間も皆無です。要は組織的に、不都合なものを隠しているだけなんです。頭で考えずに、腕っ節に頼る連中によくある行動ですよ」

警察のみならず、体育会系への偏見も多分にありそうだ。とは言え、丸っきり見当違いとも決めつけられない。

冤罪が明らかになったあとでも、警察が自分たちの過ちを認めるのは稀である。無罪になったにもかかわらず、絶対にあいつが犯人なのだと言い切る捜査員すら存在する。

それは自尊心を守るためであり、単純な自己保身の場合もあるだろう。加えて、もしも捜査のミスを認めてしまったら、同じ捜査機関の手がけた事件について、我も我もと冤罪を主張する受刑者たちが出てくるのではないか。それを危惧するところもありそうだ。

しかし、間違いを認めない限り、また同じ轍を踏む恐れがある。

「つまり連中は、自らの失態も理解できない大馬鹿野郎か、長いものに巻かれて声をひそめるだけの卑怯者なんです。そんなやつらに殺傷能力のある武器を持たせて、大きな顔をさせているのが現実なんです」

さすがに言い過ぎだとたしなめようとして、忠雄はすぐさま諦めた。磯貝の主張を、頭から否定できなかったのだ。

「馬鹿な警察連中に犯人だと決めつけられた哀れな被告人に、もし仮に刑事裁判を担当することになったら、山代判事は死刑判決を下せますか？」

問いかけに、忠雄は黙ってシングルモルトを口に含んだ。

4

東京地方裁判所の執務室。忠雄がデスクに向かっていると、ドアがノックされた。

「失礼します」

書記官の安田沙貴（やすださき）が、ファイルを抱えて入室する。

「ご依頼の裁判記録をお持ちしました」

「ああ、ありがとう」

彼女がデスクに載せたのは、例の求償権に関わる住民訴訟の記録だった。忠雄が右陪席裁判官を務めた、合議制の民事裁判である。昨晩の真菜美との会話で思い出して、さっそく探してもらったのだ。

「それから、お訊ねになられた件ですが、この訴訟は地裁止まりで、上訴されなかったようです。おそらく勝訴の見込みがないと、原告が諦めたのではないでしょうか」

「そうか……」

胸が痛む。自分がもっと深く関わっていたら、多少なりとも原告の益になる判決が出せたかもしれないのに。

そんなふうに悔やむのは、昨晩、当時の報道や、被害者の自殺に言及したブログなどの記事をネットで探し、当該する刑事の言動を掘り起こしたからだ。思っていた以上に酷く、それらが事実だとしたら決して許されないと、怒りを覚えたのである。

「でも、どうしてこの記録が必要なんですか?」

沙貴が疑問を口にする。

「どうしてって?」

「判事は右陪席裁判官で、判決文も書かれていませんよね? ざっと読ませていただいたんですけど、山代判事が普段書かれるような精緻（せいち）なものではなく、やけにあっさりしていましたから」

「うん。判決文は主任裁判官がまとめたんじゃなかったかな。左陪席が新人の判事補だったから、研修のつもりで彼に書かせて、それをリライトしたのかもしれないが」

「でしたら、山代判事のお仕事の参考にはならないと思います。今現在、同種の訴訟に携わっていませんよね？」

腑に落ちないと怪しんでいるわけではない。沙貴は普段から、あらゆることにアンテナを向けている。そのため、少しでも疑問を感じたら、質問せずにいられないのである。

要は勉強家なのだ。だからこそ信頼できる。

しかしながら、地裁の地下にある影の法廷で、忠雄が裁判官を務めていることを知られてはならない。

もっとも、今回彼女に持ってきてもらった記録が、地下の案件に繋がると確信したわけではなかった。真菜美に特殊詐欺の件を問われて思い出した、ただそれだけのことである。

「実は過去に扱った訴訟を、自分の記録として少しずつまとめてるんだ」

適当な理由を口にすると、沙貴がなるほどという顔でうなずいた。

「ひょっとして、自叙伝をお書きになるんですか?」

「引退して何もすることがなくなったら、考えてもいいかな。そのときには、有能な書記官に恵まれたと、忘れずに書かなくちゃね」

冗談めかして言うと、沙貴が目を伏せて頬を赤らめる。

二十七歳と立派な大人でも、そんな反応はやけにあどけなく感じられた。彼氏もいないようだし、真面目一辺倒で純情だと思われる。

さりとて、忠雄自身は、若い書記官に不埒(ふらち)な欲望など抱かない。たとえ尻に敷かれても妻を愛しているし、可愛い娘たちを失望させたくないからだ。

もちろん沙貴のほうだって、忠雄に特別な感情など抱いてはいまい。そうとわかりながらも、

「もう……からかわないでください」

潤んだ目で睨まれて、忠雄は年甲斐もなくときめいてしまった。

「あ、ああ、悪かった。とにかくありがとう。助かったよ」

改めて礼を述べると、沙貴が「いえ」とかぶりを振る。

「これがわたしの仕事ですので」

　ようやく普段の彼女に戻り、きりっとした面差しを見せる。忠雄は安堵した。

　沙貴が退室すると、忠雄はさっそくファイルを開いた。綴（と）じられていた書類は多くなく、

（やっぱりか……）

　密かに落胆する。

　判決文は、今読んでも妥当だと認めざるを得ないものであった。判例にのっとっているし、損害賠償の金額を考えれば、なるほど求償権を行使する必要性は認められない。

　ただ、人証調べがおざなりである。そこにあったのは遺族の主張のみで、当事者たる刑事や、その同僚の証言はなかった。その前にあった損害賠償請求訴訟のものを引用し、お茶を濁しただけだったのである。

（最初から結論ありきだったんだな……）

　新たに証言させる必要はないと、主任裁判官は判断したのだろう。審理が充分に尽くされたのかどうか、甚（はなは）だ疑問であった。

　とは言え、忙しさを理由に関われなかった忠雄に、文句をつける資格はない。

　この裁判での証言や、ネットに残る遺族の弁は、あくまでも一方の当事者の見

解である。家族を亡くした悲しみから、たわいの無い発言を大袈裟（おおげさ）に捉えた可能性もゼロではない。

だからこそ、捜査時に刑事が何と言ったのか、その場にいた同僚はどう感じたのかを、改めて証言させるべきだったのではないか。

（――いや、同じことか）

警察の人間が、一度した証言を覆（くつがえ）すとは思えない。同僚についても同じことが言える。

それに、不適切な言動があったとしても、真実は述べまい。自己保身に走り、不都合な事実は隠蔽（いんぺい）する。それが彼らのやり口だ。

そこまで考えて、忠雄は自身にあきれた。

（どうしたんだ、おれは？）

遺族に肩入れするあまり、警察に反感を抱いているのとは異なる。明らかに磯貝弁護士の影響を受けているのだ。

『警察を信用できるなんてのは、おめでたい連中ばかりですよ』

あの日、磯貝は吐き捨てるように言ったあと、

『まったく、諸悪の根源が警察と政治家だなんて、あべこべじゃないですか。一

般市民はたまったものじゃないですよ』

やり切れないというふうにため息をこぼした。

唐突に政治家までも槍玉にあげたものだから、忠雄は戸惑った。ただ、彼の中では繋がっていたのだろう。もともと反権力の志向が強いのかもしれない。

それを青二才的だと蔑むのは容易である。しかし、権力を持つ者が私利私欲に走っている様や、国民を顧みない言動は、日常的に見聞される。いい大人を標榜する者たちは正義を諦め、不正から目を背けているだけなのではないか。

とりあえず、この訴訟の出発点を洗ってみたい。特殊詐欺の被害者に、担当の刑事は何と言ったのか。それは本当に、自殺を招くほどの暴言だったのか。

本当にそうだとすれば、どうしてそんなことを言ったのか。

ネット上では、刑事の名前は明らかになっていなかった。しかし、裁判記録には載っている。

まずはこいつについて調べてみようと、忠雄は机上のパソコンを操作した。警察関係のデータベースにアクセスするために。

東京ゼロ地裁――。

民事裁判で確定した賠償金を払わない悪党から、どんな手を使ってでも金を毟り取り、被害者や遺族に償いをさせる。その場合、犯した罪を何百倍にもしてお返しすることも厭わない、闇の執行裁判所である。

山代忠雄は、ゼロ地裁の裁判官だ。正式なメンバーとして、東京地裁執行官の谷地修一郎がいる。また、府中刑務所の刑務官である立花藤太も深く関わっており、三人目のメンバーと言っていい。

以上三名が司法関係の仲間だが、外部にも協力者がいる。歌舞伎町でモグリの医院を開業している、女医の美鈴だ。その卓越した医療技術と、裏の世界にも通じる豊富な人脈で、ゼロ地裁には無くてはならない存在であった。

そして今夜、東京地裁の地下にあるゼロ地裁――地裁から直通の階段やエレベーターはない。そこへ行くには、江戸城外堀跡から入る秘密の地下通路を通らねばならない――の会議室に、忠雄、修一郎、藤太の三人が集っていた。

「なるほど……それは意外でしたな」

藤太が腕組みをしてうなずく。

弁護士の磯貝が死刑囚たちに再審請求を働きかけているというのは、彼からの情報だった。その理由を知って、複雑な表情を見せる。

「話し振りからして、嘘や出鱈目を言っている様子はなかった。まあ、多少酔っていたのは否めないが」

「やつは腐っても弁護士だけに、口が立ちますからね」

修一郎が厭味を言う。磯貝のことを、丸っきり信用していない様子だ。

「だが、私に偽りを述べる理由がない。会ったのも偶然だったし、酔っていたからこそ本音が出たという感じだった」

忠雄の解釈に、ふたりが揃って口をへの字にする。磯貝の怪しい行動を注視し、再審請求の目的を調べるよう指示したあとだから、出端をくじかれた気分なのかもしれない。

「ああ、そう言えば」

何かを思い出したように、修一郎が口を開く。

「ん、何だ？」

「やつが死刑囚を無罪にするために、証拠の捏造もしかねないなんて話があったじゃないですか。だけど、実際は証拠を再検証して、信憑性を明らかにしようとしていたようです」

「なるほど」

警察の不手際を非難する磯貝が、自ら不正に手を染めるはずがない。それでは非難の対象と同じになってしまう。

「それから、再審請求で声をかけている死刑囚は、多くが精神鑑定を受けた者のようです」

「つまり、心に問題を抱えていたがゆえに、罪をなすりつけられたと？」

「すべてがそうだとは言い切れませんが、その可能性があると判断してなのかもしれません」

実際の冤罪事件でも、認知能力に問題があった者を、容疑者に仕立てあげた例がある。そんないい加減な捜査は過去の事案ではなく、警察の方針は現在も変わっていないと見なしているのだろうか。

「ということは、磯貝は本当に無実の人間を救おうとしているんですか」

藤太がつぶやくように言う。

「少なくとも、誰彼かまわず無罪に仕立てあげようとしているわけではなさそうだ。それに、警察の捜査方法に問題があるのは確かだし」

忠雄は自身が関わった、求償権行使を請求する住民訴訟の件を話した。

「それで、遺族が警察と刑事本人を訴えた民事訴訟のほうも調べたんだが、原告と被告の主張はまったくの平行線で、どちらが事実を述べているのか、記録だけではわからなかった。ただ、少額でも賠償金が認められたということは、警察側に非があると地裁も判断したんだろう」

「実際、どんな暴言だったんですか？」

修一郎の質問に、忠雄は顔をしかめた。正直、口にするのも不愉快だったのだ。

「あくまでも原告側の主張だが、これだけ注意喚起がされているのに、引っかかるのは頭が悪い証拠だとか、ボケているのかとか、さらには、金は絶対に戻らないから諦めろとも言い放ったそうだ」

「それは酷い」

藤太が眉間（みけん）にシワを刻む。

「文字の記録として残されたものだから、実際はもっとキツいニュアンスだった可能性もある。赦せないと、遺族が求償権行使まで求めたぐらいだから」

「あれ、ちょっと待ってください」

修一郎が何かを思い出したという表情になる。

「その民事訴訟って、確か……ええと、刑事の名前は何ていうんですか？」

「鶴見芳信だが」

「鶴見——」

ハッとして目を見開いた彼が、前のめりになった。

「間違いありません。おれが書記官だったときに手伝った民事訴訟です。そいつの発言も聞きました」

「え、そうなのか？」

書記官時代、修一郎はまだゼロ地裁のメンバーではなかった。彼が仲間になったのは、執行官になったあとである。

「ていうか、あの裁判は、当時から胡散臭いと思っていたんですよ」

「どうしてだい？」

「暴言が事実かどうか、確たる証拠があったわけじゃありませんが、警察の不祥事ですよね。世間的にもっと取り上げられてよかったはずなのに、関東の一部メディアしか報道しなかったんです。他の地方の人間は、そんなことがあったことすら知らないでしょう。情報統制でもされているのかと、妙に感じたのを憶えています」

「なるほど、それでか」

忠雄は納得した。くだんの不祥事について、当時の報道をネットで探したのであるが、わずかしか見つからなかったのだ。

古い事件のため、記事を削除したのかと思えば、もともと少なかったらしい。修一郎の推察どおりに、何らかの忖度なり統制なりがあったのだとすれば、最も詳しかったのが個人のブログだったのもうなずける話だ。

「ただ、不祥事を起こした一刑事が、そこまで守られるのかと考えると、あり得ない気がしますけど」

「だったら、その刑事ひとりのことじゃなくて、警察署全体の不祥事隠しだったとか」

藤太が考えを述べる。

「警察署全体は言いすぎかもしれませんが、行き過ぎた捜査をする後ろ暗い署員が複数いて、だから他にまで訴訟が波及しないよう、同僚も偽証して守ろうとしたとも考えられます」

「それもあり得るか」

忠雄は腕組みして考えた。

「でも、署内だけの問題だったら、メディアまで抑え込むでしょうか。むしろ、単にニュースバリューがないと判断されて、どこも取り上げなかっただけかもしれませんし」

修一郎も疑惑を覚えてはいても、不正の確信があるわけではないようだ。

「しかし、鶴見が何の処分も受けていないのも、不思議ではあるんだよな」

そう言って、忠雄は首をかしげた。

「え、そうなんですか?」

「うん。民事訴訟では暴言とまではされなかったが、不適切な言動があったと認められたんだ。現に、少額でも賠償金が支払われることになったんだし」

「そうでしたね」

「なのに、鶴見本人が処分を受けた形跡はない。戒告すらなかった。不問と言うより、事実そのものを隠蔽されたみたいに」

「鶴見は今、何をしてるんですか?」

修一郎が質問する。

「当時とは別の所轄署で、生活安全課の課長になっている。四十八歳で、階級は警部だ」

「普通に出世しているわけですね」

「やらかしたあとでもお咎め無しか。てことは、言動に難はあっても捜査官としては優れていたってことなんですかね？」

藤太の質問に、忠雄は首を横に振った。

「特に功績も見当たらなかったな。まあ、現場の評価が世間的なものと異なるのは、ままあることだが」

「ただ、そこまで優れた刑事には見えなかったんですよね」

修一郎が記憶を手繰るように天井を見あげる。

「人証調べに同席したんですが、鶴見はいかにも横柄な感じで、こんなことでいちいち裁判にかけるなと面倒がっているのが窺えました。証言をした同僚も、どうして自分が巻き込まれなきゃならないんだという顔で、仕方なく鶴見を庇っていたようでしたし」

「そうか……」

「そんな態度だったから、裁判官も賠償金を認めたんじゃないでしょうか」

「うん。榊原さんは人間を見るからね」

榊原は民事訴訟を担当した判事で、忠雄よりずっと上の大先輩だ。すでに鬼籍に入っているから、そのときの話を聞くのは不可能である。

「山代判事は、やけに鶴見を気にしているようですが、やつが何らかの悪事に手を染めているとお考えなんですか？」

藤太が首をかしげたのも当然だろう。磯貝弁護士の話をしていたはずが、いつの間にか鶴見に関する訴訟に話題が移っていたのだから。

「確信があるわけじゃないが、何か裏がある気がして仕方ないんだ」

「それは東京地裁民事部の判事としてではなく、ゼロ地裁の裁判長としての勘なんですか？」

いずれ地下の法廷で裁かれる案件になると踏んで、忠雄が話したと考えたようである。

「いや……」

忠雄は首を横に振り、しばし考えた。

「もともとのきっかけは、娘の話だったんだ」

「え、お嬢さんの？」

「うん。高校生の長女のほうなんだが、友達のおばあちゃんが特殊詐欺の被害に遭って、ひどく心配していたんだよ。それを聞いて、以前関わった住民訴訟のことを思い出したんだ。直接ではないが、特殊詐欺絡(がら)みだったから」

そこまで説明して、照れくさくなる。

『――パパは特殊詐欺事件の裁判官を務めたことはないの？』

真菜美のその言葉で住民訴訟に関わったことを思い出し、気がつけばあれこれ調べていた。磯貝に警察不信を訴えられた影響も少なからずあったろう。

要は他者の発言に振り回されたようなものだ。そのことに思い至って、羞恥を覚えたのである。

（そうなんだよな……ここでいちいち話題に出すようなことじゃない）

この件はここで終わりだと、忠雄は告げようとした。けれど、修一郎は気になったようである。自身も書記官として関わった案件だからだろう。

「鶴見はどこの署にいるんですか？」

「〇〇署だよ」

「友人がいますから、どんな人物か訊いてみましょうか」

そこまでする必要があるのかと訝りつつ、

「そうだな。頼むよ」

調査を依頼したのは、やはり引っかかるところがあったからだ。何もないのならそれでいいし、万が一ということもあり得る。

「磯貝弁護士のほうは、もう放っておいてよさそうですね」

藤太の言葉に、忠雄は「そうだね」と同意した。好きにやらせておいて、特に害はなさそうだ。

いっそのこと、磯貝には警察の不正をどんどん暴いてもらいたい。忠雄は期待すらしていたのである。

二日後、忠雄が帰宅すると、出迎えた妻の初美が困惑の面持ちを見せていた。

「どうかしたのか?」

家の中に、不穏な空気が漂っている。いつもなら母親と一緒に玄関に出てくるはずの、次女の姿もない。

「真菜美が、ちょっと……」

そう言って、妻が天井を見あげる。二階にいる長女を気にしているようだ。

民事の裁判官を務める父親を軽んじるのが玉に瑕ながら、基本的にはいい子である。家の手伝いもするし、年の離れた妹の面倒も見る。学業成績も優秀で、生徒会役員にも選ばれた。

そんな真菜美のことで、妻がここまで不安げな面持ちを見せたのは初めてではなかろうか。

（まさか、痴漢にでも遭ったのか？）

彼女が悪さをするなんてあり得ない。よって、考えられるのは被害者の立場である。

いったいどこの誰が、愛娘に非道な行ないをしたのか。絶対に許すわけにはいかない。忠雄は靴を脱ぐのももどかしく、階段を駆けあがった。

二階の真菜美の部屋は、ドアがぴったり閉じられている。その前に、目を潤ませた阿由美がいた。

「お姉ちゃん、ないてるよ」

自身も泣きそうになりながら言う。姉を心配しているのだ。

忠雄は胸が締めつけられるのを覚えつつ、ドアをノックした。

「真菜美、入るぞ」

返事はない。それを了解と捉え、そっとノブを回す。

室内は暗かった。廊下の明かりが差し込んで、ようやく中の様子がわかる。

真菜美は壁際のベッドにいた。制服姿のまま俯せになり、肩を小さく震わせている。かすかな忍び泣きも聞こえた。

いったい何があったのだろう。まさか、不埒な男が力尽くで――。

そんな想像が頭をもたげたことで、いっそう胸が苦しくなる。怒りと焦りが募り、激しく問い詰めたい衝動にも駆られた。

しかし、傷ついた少女を責めるわけにはいかない。誰よりも苦しいのはこの子なのだ。

忠雄はベッドの脇に膝をつくと、娘の肩に手をのばしかけた。

けれど、本当に何らかの被害に遭ったのなら、たとえ親であっても、男との接触がフラッシュバックを引き起こす可能性がある。

忠雄は寸前で手を止めると、声のトーンを抑えて話しかけた。

「真菜美、どうしたんだ？」

最初の問いかけには、何も言わなかった。焦れったくても我慢して、ひたすら返事を待つ。

間もなく、忍び泣きが途切れ途切れになる。やがて収まり、真菜美が肩をもぞつかせた。

ゆっくりとこちらを向いた彼女の顔は、涙でぐしょ濡れであった。

「何かあったのか？」

囁くような質問に、真菜美が鼻をすする。暴力の被害に遭ったのではないと、忠雄はすぐに悟った。

これまで対面した被害者たちは、たとえ時間が経った後でも、目の輝きが鈍くなっていたのだ。それこそ、感情の一部を失ったかのごとくに。

愛娘の目は、内なる悲愴をあからさまに訴えていた。

「こないだ話した友達のおばあちゃん……」

「え？　ああ、特殊詐欺に遭ったっていう」

「……亡くなったんだって」

心臓が不穏な高鳴りを示す。刑事の暴言で特殊詐欺の被害者が自殺した事件を、忠雄は思い出していた。

「亡くなったって、まさか――」

「自殺したの」

そう言うなり、真菜美の目から大粒の涙がこぼれる。

「帰ったあとで友達から電話があって、その子はずっと泣いてばかりで……だけど、どうやって慰めればいいのかわかんなくて」

友達の家庭に訪れた悲劇と、友達の悲しみに同情し、もらい泣きをしていたようだ。娘本人が何かされたわけではないとわかって安堵しつつも、それを口には出せなかった。

「そうか……とても残念だ」

共感の思いを口にするなり、真菜美の表情が険しくなる。

「パパたちのせいだから」

「え?」

「警察とか、裁判所とかが、悪いやつらを野放しにしておくから、こんなことになったんだよ。パパにも責任があるんだからね」

犯罪者を裁くのは刑事裁判だ。普段、民事の裁判官である父親を小馬鹿にしているのに、こんなときだけ共犯にさせられるなんて。

理不尽だと思いつつ、反論はできなかった。悪を憎み、罪のない被害者に同情するあまり、感情的になっているとわかったからだ。

それに、民事部も特殊詐欺と無関係ではない。加害者への損害賠償請求訴訟があるし、鶴見のように訴えられる刑事だっている。また、忠雄自身、それに関連した住民訴訟の裁判官になったのだ。

(おれがしっかり関わっていたら、結果が違ったかもしれないのに)

また も後悔の念が湧く。確かに共犯と言えるだろう。

「うん……悪かった。ごめん」

謝(あやま)ると、真菜美が顔をくしゃっと歪(ゆが)める。再びベッドに突っ伏し、悲しみがぶり返したらしく、しゃくりあげた。

忠雄は立ちあがると、静かに部屋を出た。

「お姉ちゃん、だいじょうぶ？」

廊下にいた阿由美が、心配そうな顔で見あげてくる。忠雄は頭を撫で、「心配ないよ」と告げた。

「友達のおばあちゃんが亡くなったから、いっしょに泣いてあげてたんだ」

「そっか……お姉ちゃん、やさしいもんね」

納得したふうにうなずいた次女に、忠雄は「そうだね」と同意した。

5

（これはあのひとじゃ——）

ネットニュースを見る幸則の、スマホを持つ手が震える。詳細の定かでない、わずか十数行の記事に、胸が掻(か)き乱された。

昨日、踏切で高齢者が電車と接触し、死亡したという。自殺の疑いがあり、その高齢者は特殊詐欺の被害に遭ったばかりのため、それが理由ではないかという推測が述べられていた。

接触事故のあった踏切は、高齢者の自宅近くとのこと。幸則が現金下ろしとは別の任務をやらされたところも、その付近だった。

すなわち、銀行員を騙(かた)り、高齢者を騙してキャッシュカードを奪う実行犯を。

悪事に深く荷担したくない。そう思っていたから、「オロシ」以外のことはずっと拒んでいたのである。ところが、一度でいいからと命じられ、従わないとどうなるかわかっているなと脅されたため、やむなく言いなりになった。他に任せられる人間がおらず、お前しかいないと頼まれ、多少はいい気になった部分もあったかもしれない。

新たな任務ゆえ、つまらないミスをして捕まりたくなかった。そのときはマニュアルを頭に叩き込み、幸則は無事に目的を達成した。

あんなに嫌だったはずなのに、終わったあと、不思議と成就感(じょうじゅかん)を覚えた。こんな簡単に騙せるのかと喜びまでこみ上げ、自身が関わる組織の一員になれた心境にすらなった。

ところが直後に、彼は嘔吐した。こちらを完全に信じ切っていた高齢女性の顔を思い出すなり、罪悪感に襲われたのである。

加えて、自身に対する猛烈な嫌悪感にも。あんなひとの好さそうな老人の財産を奪うなんて、悪魔にでもなってしまったのか。

奪ったカードを別の人間に渡したあと、幸則は何度も手と顔を洗った。そうせずにいられなかったのだ。

おそらく組織は、逃げられないようにするため、重要な仕事をさせたのだろう。単なる末端の人間ではなく、共犯者たる一員なのだと、幸則自身に強く自覚させるために。

今さらのように気がついて、いよいよ深みに嵌まったのだと悟る。それでも、続けて実行犯を命じられなかったから、あの一度で済んだのかと安堵しかけていたのである。

その矢先に、特殊詐欺の被害者が自殺したと知ったのだ。

本当にあの老女が自殺したのか。他に報道しているところはないかと、幸則はニュースサイトを隅から隅まで探した。けれど、関東ローカルの一社が、簡潔に伝えるのみであった。

有名人や、いじめ被害者の児童生徒ならいざ知らず、一般人の自殺なんてそもそもニュースにならない。人身事故として報道されても、動機まで伝えられるのは皆無だ。

今回の件は、特殊詐欺が絡んでいそうだから、伝える価値があると判断されたのではないか。それでも、被害者のプライバシーに配慮して、個人が特定されないようになっていた。

だが、もしかしたら関わっていたかもしれない幸則にとって、気になるのはそれが誰かという一点であった。

幸則が属する組織は、手口を悟られないよう、同じ地域で連続して騙すのを避けている。しかし、自分たち以外にも、やっている連中がいる。特殊詐欺なんて、毎日のように被害者が出ているし、まったくの別人が、別の悪党に騙された可能性は充分すぎるほどあった。

自分には関係ないと、無視することもできる。しかし、次第に居ても立ってもいられなくなり、幸則はあのときの家へ行ってみることにした。

実行犯として、被害者に顔をばっちり見られたのである。現場に戻ることがどれだけ危険か、当然ながらわかっている。

それでも、確かめずにいられなかった。

高齢者が電車と接触したという踏切を通る。線路の片隅に小さな花が添えられてあった。それを目にしただけで、どうしようもなく脚が震えた。

しばらく歩いて住宅地に入ると、実行犯として訪れた家が見えてくる。

離れた物陰から様子を窺う。平日の昼下がりで、窓もドアもぴったりと閉じられていた。

そこへ、ご近所さんらしき女性が訪ねてくる。

中から現れたのは、中年の女性であった。憔悴した面持ちで、目の周りが赤い。泣き腫らしたあとのようだ。あの高齢女性の娘か、それとも息子のお嫁さんなのか。

「この度は――」

お悔やみを述べる声がかすかに聞こえた。間違いない。やはりあの高齢女性が亡くなったのだ。

報道された自殺者本人であると、決まったわけではなかった。偶然近い日に、別の理由で逝ったとも考えられる。

けれど、対面した高齢女性は、肌の艶も良く元気であった。言葉のやり取りもはきはきしていたし、病気で倒れたとは思えない。

（やっぱりあのひとが……）

幸則は打ちのめされた気分で、その場を離れた。

たとえ別人が命を絶ったのだとしても、それでよかったと済ませられるわけがない。今後も実行犯を命じられることがあるだろうし、その被害者が悲観して死を選ぶ、あるいはそのせいで病（やまい）に伏すことだってあり得るのだ。

いや、これまで幸則が金を下ろした口座の所有者にも、生きる望みを無くした者がいるかもしれない。

つまるところ、自分は間接的に殺人を犯したのである。

（もうやめよう）

幸則は決心した。組織から抜けなければならないと。

ただ逃げればいいなんて考えてはいなかった。警察に自首し、すべてを話すつもりだった。

今回自殺した高齢者が、本当に自分の関わった相手だったら、そのことも包み隠さず打ち明けよう。できるかぎりの償いをして、遺族に謝罪するのだ。たとえ許されなくても。

幸則はスマホを取り出すと、指示役の滝沢に電話をかけた。

「あ、おれです。あの、折り入ってお話ししたいことが——」

組織を離れたいと口にせずとも、滝沢はすべてを察したらしかった。幸則に何も言わせず、歌舞伎町の店と時間を指定し、来いとだけ言った。

電話で話すだけで済むなんて、幸則も都合のいいことを考えていなかった。むしろ対面して、きっぱり告げるつもりだった。どんなことがあってもやめたいのだと。

心配なのは母親や妹である。ただの脅しではなく、やつらは本当に手を出してくるかもしれない。

もしもそう匂わされたら、自分は警察に自首するつもりだし、そうしたら洗いざらい喋るからなと、逆に脅すことを考えていた。母や妹に何もしないのなら、組織のことは話さないと、取引を持ちかければいい。

それに、自首して事情を話せば、母と妹は警察に守ってもらえるだろう。

とにかく、これ以上悪事を重ねたくない。その一心で、幸則は滝沢との対面に臨(のぞ)んだ。

「おお、来たな」

店に入ると、入り口に近い席にいた滝沢が、こちらに向かって手を上げた。

ひどく雑多な店だった。商業ビルの、階段を一メートルほど下りた半地下の入り口は狭く、こぢんまりした店内を想像したのに、やけにだだっ広い。

奥にカウンターがあって、その向こうに多種多様な酒瓶が並んでいる。フロアには大小様々なテーブルが広い間隔で置かれていたが、坐（すわ）っている者と立っている者は半々ぐらいか。それぞれが小瓶やグラスなどを手に、声高に誰かと話し、うるさい音楽にのってからだを動かしていた。

これがどういう種類の店なのか、幸則はわからなかった。ただ、地震や火事でも起こったら、半数以上が逃げ遅れそうなほど客が多い。しかも、ほとんどが素行の悪そうな連中だった。

「どうも」

幸則は頭を下げ、滝沢の向かいに腰掛けた。小さくて丸いテーブルも、背もたれのない椅子も高さがあり、爪先がようやく床につくぐらいであった。

「飲めよ」

テーブルの上には、栓（せん）の開いたビールの小瓶が五本ぐらい並んでいた。見たことのないラベルは、海外のものらしい。

酔って勢いをつけたかったから、幸則は遠慮なく一本取って、ぬるめのそれを喉に流し込んだ。

「あの、それで――」

出そうになったゲップを抑えながら話を切り出すと、滝沢はそれにかぶせるみたいに、

「やめたいんだろ」

あっさりと、こちらの言いたいことを口にした。

「あ、はい」

「そうか」

特に気分を害した様子もなくうなずき、ビールの小瓶に口をつける。何だか簡単に許してもらえそうで、幸則は胸を撫で下ろした。

しかし、それは甘い考えであった。

「前にも言ったよな。そんな易々（やすやす）とやめられるような仕事じゃないって」

冷たい目でギロリと睨まれる。幸則は反射的に背すじをのばした。

「わ、わかってます」

「お前はすでに、おれたちと共犯関係なんだ。仲間から抜け出して、何事もなくのうのうと暮らすなんて不可能なんだよ」

鳴り響く音楽の中、かろうじて聞こえる程度の声量なのに、やけにドスが利いている。これまでもこんなふうに、やめたいという連中を脅してきたのだろう。

「……それでもやめたいんです」

ここで引き下がったら負けだと、精一杯の勇気を振り絞る。体格のいい滝沢に殴られ、蹴り飛ばされても耐える覚悟はできていた。

彼がじっと見つめてくる。視線が心の中にまで入り込むようで、幸則は蛇(へび)に睨まれた蛙(かえる)そのものであったろう。

「やめてどうするんだ?」

質問されるなり、自分でもびっくりするぐらいスムーズに口が開いた。

「警察に自首するつもりです」

これに、滝沢の眉がピクッと引き攣(つ)る。幸則はすかさず言葉を継いだ。

「もちろん、滝沢さんたちのことは喋りません。誰ともわからない人間から指示されて動いたと、そういうことにします。とにかくおれは罪を償って、真っ当に生きたいんです」

「……お前がサツに何も言わないなんて、どうして信じられるんだよ？」

忌ま忌ましげな口調そのままに、滝沢の表情が険しくなる。彼の弱いところを突いたのだと悟り、幸則は突破口を見つけられたと思った。

「それは信じていただくより他ないです。おれの家族に何もしない限り、絶対に喋りませんから」

母や妹に手を出したら、洗いざらいぶちまける。逆に脅しをかけているのだと、滝沢も察したようだ。

「ふん」

鼻息をこぼして腕組みをし、上体を反らす。続いて、唇の端に侮蔑の笑みを浮かべた。

「お前、あれだろ。野々宮のババアが死んだのを気にしてるんだろ」

顔から血の気が引くのを覚える。幸則が一度だけ実行役を務め、キャッシュカードを騙し取った家が野々宮家だ。

そして、そこに住む高齢女性が、もしかしたら自殺したかもしれないと思っていたのであるが、

（じゃあ、やっぱりそうだったのか！）

滝沢の言葉で、恐れていたことが事実だったと判明する。

彼がどうしてそこまで知っているのかと、疑問は覚えなかった。あの家をターゲットとして指定したのは滝沢だし、その後どうなったのかという情報を得ていても不思議ではない。

「自首するってことは、お前が野々宮のババアを殺したって認めることになるんだぞ。まあ、殺人罪は適用されないとしても、死に関わったとして遺族に民事で訴えられれば、賠償金も払わなくちゃならなくなる。もちろん、盗んだ金のぶんも含めてな。それがわかっているのか?」

返答に詰まったのは一瞬だった。元より覚悟はできている。

「……わかっています。どんな罰でも受けますし、償いをするつもりです」

嚙み締めるように答えると、滝沢がやれやれというふうにため息をつく。

「そこまで言うのなら仕方ねえな」

その言葉で、幸則はようやく解放されるのだと思った。たとえ苦難の日々が待ち受けていようとも、これ以上罪を重ねたくない。

「来いよ」

滝沢が立ちあがる。つられて椅子から降りた幸則は、店の奥へと向かう彼に従った。

カウンターの右手側に、場違いにがっしりしたドアがあった。何の表示もなかったが、

（ＶＩＰルームってやつかな）

幸則は察した。入ったことはないけれど、ドラマや映画でなら目にしたことがある。

実際、中はいつか見た映像作品そのままの内装であった。高級クラブかラウンジという趣で、防音が施されているらしく、隣のフロアの音は聞こえない。

いくつかあるボックス席のひとつに、滝沢が歩み寄る。そこには短髪の、ヤクザまがいの風体の男がいた。左右にキャバ嬢っぽい女をはべらせ、ロックグラスで洋酒をあおっている。

年は四十がらみか。滝沢以上に大柄で、がっしりしたからだつきだ。首に見えているタトゥーは、全身に広がっていると思われた。

（あれ？）

どことなく見覚えがある気がして、記憶を探る。週刊誌か何かに顔写真が載っていた、半グレ集団のリーダーではなかろうか。

「お疲れ様です」

滝沢が声をかけると、そいつが「おお」と反応する。

「紹介します。ウチの若いやつで、加地といいます」

半グレ男がこちらを見る。爬虫類を思わせる、ひとの生気が感じられない、不気味な目をしていた。あるいは薬物の影響下にでもあったのか。

それでも、滲み出る迫力は半端ではなかった。

さっき、滝沢の視線に射すくめられ、幸則は蛇に睨まれた蛙の心地を味わった。だが、目の前のこいつは本物の蛇だ。それも、体内に猛毒を秘めた。

自然と膝が震え、へたり込みそうになる。どうにか耐えたものの、あと一分もその状態が続いたら、失禁したかもしれない。

「では、失礼します」

半グレ男の返事を待つことなく、滝沢が頭を下げる。踵を返して立ち去る彼のあとを、幸則は懸命に追った。砕けそうになる腰を、必死に励まして。

部屋の外に出たところで、滝沢が振り返る。

「今のが徳寺の兄貴。おれたちのトップに立つお方だ」

簡潔な紹介だけで充分だった。正直、深く関わりたくないし、それ以上何も知りたくなかった。

「お前、小便チビりそうな顔してたな」

含み笑いで揶揄されても、事実だから何も言えない。幸則は目を伏せ、自身の弱さを呪った。

「会ってみてわかっただろ。あのひとに楯突いたら、お前、簡単に殺されるぞ」

それが単なる脅しではなく事実だと、初対面で思い知らされた。

べつに本人が手を下さずとも、取り巻きが何人もいる。さっきの部屋にも、徳寺のいたボックス席の周りに、同じようにいかつい男たちの姿があった。銃だの刃物だの、普段から所持していそうな輩が。

「しかも、あのひとには強力なバックがいる。どれだけの悪事を働こうが、あのひとの手が後ろに回ることはない。これまでもそうだったし、これからもだ。何しろ、警察にだって仲間がいるんだからな」

愉快そうにほくそ笑む滝沢の顔が、やけに歪んで映る。視界がぼやけ、自分が涙を滲ませていることに幸則は気がついた。

「自首したいのなら勝手にすればいい。その前にお前が殺されようが、母親や妹がボロ雑巾みたいに捨てられようが、おれの知ったことじゃない。それから、警察で何を言っても、すべて筒抜けだってことも忘れるな」

幸則は何も言えず、茫然と立ち尽くすばかりだった。

罪を償い、真っ当に生きると決心したときは、困難のあとにも光明があると信じられた。けれど今は、何もない闇に突き落とされた気分だ。

滝沢が面倒くさそうに舌打ちする。

「わかったら、さっさと行けよ」

幸則はフラつく足取りで、彼の前を離れた。

店を出たあと、どこをどう歩いたのかさっぱりわからない。気がつけば、彼はどことも知れぬ陸橋の上にいた。

真下の四車線道路を、車がひっきりなしに通る。ここから飛び降りれば楽になれるのか。

さすがに死んでしまえば、滝沢や徳寺も諦めるだろう。母や妹に危害が及ぶこともあるまい。

操られるみたいに手すりから身を乗り出したところで、幸則はハッとした。

(何をやってるんだ、おれは——)

そうする度胸もないくせに、自ら命を絶とうとするなんて。

ここに来て、滝沢が徳寺に会わせた理由がわかった。絶望を与えるためだったのだ。何をしても無駄だ、諦めるしかないと思わせるために。

そして、自分はその通りの行動を取ろうとしている。

暗示が醒(さ)めたことで、死への恐怖がのしかかってくる。幸則は慌てて手すりから離れた。陸橋の上で坐り込み、情けなく涙をこぼす。

(どうすればいいんだ……)

組織の仕事を続けるのは、自らの魂(たましい)を殺すのにも等しい。さりとて、本当に死ぬなんてできない。それから、逃げることも。

不意に、あの高齢女性の面影が浮かんだ。

(おれを信じたばかりに、あのひとは死んでしまったんだ)

なのに、自分はのうのうと生きながらえるつもりなのか。

償いをしなければならない。簡単に許されることではなく、一生背負うべき罪であるが、それでも逃げるわけにはいかないのだ。

懸命に前へ進もうと抗(あらが)う幸則を嘲笑(あざわら)うように、徳寺の冷酷な眼差しが脳裏に蘇る。幸則は身を震わせ、未練がましく陸橋の手すりを眺めた。

第二章　罪と救済

1

こぢんまりとした葬儀場の外、駐車場に停めた車の脇で、忠雄は晴れ渡った空を見あげた。

建物の中では、故人の親族や知人が悲しみに暮れている。なのに、空はこんなにも蒼(あお)い。現世の理不尽さそのもののように。

友達の祖母の葬儀に参列するというので、忠雄は真菜美を車に乗せ、送ってきたのである。公共の交通手段では、少々不便なところだったから。

（みんなつらいだろうな……）

死因が死因だけに、ただ亡くなった以上のやり切れなさを抱いているのは想像に難くない。特に子供やきょうだい、孫といった近親者は。

身内だけで静かに送ることにした葬儀に、真菜美は特別に参列を許された。悲嘆に暮れる友に寄り添うためである。

おばあちゃん子だったという彼女は、食事も喉を通らず泣き暮らしているそうだ。多感な時期だけに、立ち直れるかどうか心配である。

だからこそ親も心配して、そばにいてくれるよう真菜美に頼んだのだ。普段は滅多に運転などしないのに、忠雄は仕事を休んで車を出した。我が子の優しさに打たれたからである。

訃報を聞いて泣いた翌朝、真菜美は忠雄に謝った。

『ごめんなさい。ゆうべは言い過ぎた』

友達の祖母が特殊詐欺の被害に遭い、そのせいで亡くなったのを、パパのせいだと責めたことなのだ。

誰かに責任を負わせたくなる心境は理解できたから、忠雄はべつに怒ってなどいなかった。むしろ、悪党どもをのさばらせているのは司法機関の罪であると、納得すらした。

（それにしても、どうして自殺なんか……）

あるいは大金を失ったことよりも、騙された自身に腑甲斐なさを覚え、生きている価値はないと思い込んだのだろうか。

真菜美の話では、友達の父親——故人の息子も、かなり落ち込んでいるらしい。母親がお金を騙し取られたあと、腹が立ってつい責めてしまったそうだ。そのため、自分のせいで死んだのではないかと、自責の念に囚われるのだろう。

けれど、我が子に責められて、そこまで思い詰めるであろうか。もっと別の理由があるように思えてならない。

そんな印象を持ったのは、自身が関わった例の住民訴訟のことがあるからだ。さすがに、また捜査員が暴言を吐いたとは考えにくい。だとしたら身内も聞いているはずだし、それこそ警察を訴えるのではないか。

とは言え、他に老女を自死に追いやる存在など考えつかない。

（……自殺じゃないのかも）

ふと浮かんだ推測に、忠雄はさすがにかぶりを振った。哀れな老女が殺されたとでもいうのか。

あり得ないと思いつつも、絶対に違うと打ち消せない。いや、むしろ自殺よりも、そちらの可能性のほうが高い気がする。これという根拠はなく、あくまでも勘なのであるが。

では、いったい誰が？

（詐欺の実行犯が、何か証拠を残していったとか）

それを被害者が握っており、警察に知られてはまずいと殺したのではないか。捜査がどこまで進んでいたのか、調べる必要がありそうだ。被害者の証言で容疑者が挙がっていたのなら、そいつが自殺に見せかけて被害者を始末したと考えられる。

（いやいや。それだと時系列がおかしい）

真菜美の話だと、被害者が詐欺に遭ったと気づいたのは、キャッシュカードを騙し取られてだいぶ経ってからだという。もしも犯人が証拠を残したと気づいたのなら、もっと早くに命を奪ったであろう。

ということは、被害者の証言を聞いた警察の誰かが、このままでは捕まると犯人に教えたのか。だとすると、警察の中に詐欺グループの共犯がいることになる。

さすがに考えすぎかと、忠雄は胸の内で苦笑した。

（磯貝に影響されすぎたのかもな）

やれやれと肩をすくめたとき、駐車場の脇に生えた桜の木の陰に、若い男がいることに気がついた。

（おや？）

怪訝に思ったのは、彼が身を隠すようにして、葬儀場を見つめていたからである。

限られた人間しか参列できないため、入れなかった身内か知人が、故人との別れを惜しんでいるのか。だが、年齢からしてそうではなさそうだ。

それに、表情が死者を悼むものとは異なって映る。どこか思い詰めたふうであり、罪悪感にも駆られているような——。

（まさか）

忠雄はハッとした。老女の死に、青年が絡んでいる気がしたのだ。長年罪ある者たちと接してきた勘である。

ただ、悪人には見えない。

話を聞かねばならないと、忠雄は彼のほうに進んだ。途中で向こうもこちらに気がついたが、わずかに身じろぎしただけで逃げようとはしない。

それは、何らかの覚悟を秘めた者の振る舞いであった。

「中に入らないのかい？」

訊ねると、彼は葬儀場に悲しげな目を向け、

「ええ。ここで——」

と、短く答えた。

「お身内の方ですか？」

逆に問われて、忠雄は首を横に振った。

「亡くなった方のお孫さんが、ウチの娘の友達でね。私は娘を送ってきただけなんだ」

「そうですか」

うなずいた青年に、忠雄が名刺を差し出したのは、こちらの身分を明かしたほうがいいような気がしたからだ。

「私はこういう者なんだ」

東京地裁判事の肩書きに、彼は一瞬だけたじろいだかに見えた。けれど、続いて安堵の面持ちを見せる。

「山代さん……判事をされているんですね」

「うん。担当は民事だがね。ウチの娘はミステリー好きだから、民事裁判なんて賠償金を決めるだけでつまらないって、私のことを軽く見てるんだ。困ったものだよ」

雰囲気を和らげるつもりで言ったのに、青年はなぜだか神妙な面持ちになった。

「お金の問題だって、当事者にとっては重大なんですよね」

やけに実感のこもった口調に、忠雄はもしやと思った。たった今見送られている故人は特殊詐欺の被害者でもあるのだ。

(まさか、この青年が——)

詐欺グループの一員だったために罪悪感に駆られ、葬儀場に来ないではいられなかったのではないか。

「おれ——僕は加地幸則といいます」

隠さずに名乗ったところなど、とても悪いことをする人間には見えない。だからこそ、自らのしたことを悔やんでいるとも考えられる。

「加地君は、故人とはどういう関係なんだい?」

質問に、幸則が暗い目になる。

「……僕が悪いんです」

絞り出すように言い、目を潤ませた。

「え、どういう意味？」

「僕のせいで、あのひとは亡くなったんです」

拳を握り、肩を震わせた青年が、涙の滴をこぼす。やはり詐欺に関わっていたのだ。

「よかったら、何があったのか、私に話してくれないだろうか」

告白を促すと、幸則がわずかにためらったあと口を開く。

家が貧しく、大学進学の資金を貯めるために就職したこと。同僚や会社の不正に嫌気がさし、工務店を辞めたこと。友人に誘われて割のいい仕事を始めたところ、あとで悪事に荷担させられていたと知ったこと。抜けようにも、母と妹に危害を加えると脅され、従わざるを得なかったこと――。

ここに至る経緯を、彼は順を追って話した。自身が悪の深みに嵌まったあとの場面では、時おり声を詰まらせながら。亡くなった高齢女性を騙したときの述懐では、苦渋の面持ちすら見せた。

おそらく、ずっと誰かに聞いてもらいたかったのではないか。弁明ではなく、懺悔として。裁く立場の忠雄は、その相手として恰好であったろう。

決して悪い人間ではない。目の前の青年を、忠雄はそう評価した。むしろ真面目で正義感が強く、だからこそ、己のしたことを悔やんでいる。

話し終えたあと、幸則の表情は幾ぶんすっきりしたかに映った。罪を贖うのはこれからだとしても、すべてを認めて楽になったようだ。

「自首するつもりなんだね」

きっとそうだろうと問いかければ、

「はい」

幸則は即座にうなずいた。

「ここに来るまでは、正直迷ってました。母や妹を悲しませたくないですし、心配ですから。でも、おれがしたことで、亡くなったあのひとだけじゃなく、たくさんのひとを悲しませ、傷つけたことがわかったので……」

あるいは、葬儀が始まる前からここにいて、中に入る参列者を見ていたのだろうか。それによって、お金を奪われた他の被害者やその身内にも、思いを馳せたのではないか。

いや、そればかりではあるまい。

話に拠ると、組織は手広く悪事を働いていたらしい。彼が運んだ違法薬物で、人生をズタズタにされた者だっているかもしれない。さらに、集めた金が違法行為の資金になっていた可能性も大いにある。

聡明な青年はそこまで想像して、ますます自分のしでかしたことが赦せなくなったのであろう。

（……彼が手を下したんじゃないな。絶対に）

あるいは詐欺の実行犯が、自殺に見せかけて故人を殺したのではないかと推測した。だが、幸則にはそんなことは無理だ。

やはり磯貝に影響され、考えすぎてしまったのか。反省しつつ、忠雄は幸則に訊ねた。

「じゃあ、組織のことも、すべて警察に話すんだよね」

これに、彼がつらそうに目を伏せた。

「……いえ、それは」

そこまではできないと、無言で訴える。

「どうして？　連中をのさばらせたままだと、また被害者が出るんだよ」

やや強い口調で問い詰めたのは、司法に携わる者として見過ごせなかったからだ。もちろん、夫や父親でもある一市民としても。放っておいたら、悪人どもの魔の手が家族に及ばないとも限らない。

しかし、幸則のほうも、思いは同じだったのだ。

「でも、母や妹が――」

悔しさをあらわにされ、責められなくなる。

連中は彼の情報をあらかた摑んでいるのである。逆恨みで家族に危害を加えることぐらい、容易に想像がつく。

「でも、そのあたりは警察がうまくやってくれるんじゃないか？　君が話したとはわからないようにするとか、自宅を警備してくれるとか」

青年が小さくかぶりを振る。

「いつも僕に指示をするやつが言ってたんですが、警察にも仲間がいるから、僕がどんな証言をするかは筒抜けだって」

「え、警察に？」

忠雄は驚いた。同時に、やっぱりそうなのかと納得もさせられる。今回亡くなった被害者は、警察から捜査の情報を得た詐欺グループに殺されたのではないかと、考えたばかりだったからだ。

「それは本当なのかい？」

いちおう確認すると、「おそらく」とうなずく。

「組織のトップの人間を紹介されたんですけど、そいつはけっこう有名で、力もありそうでした。腕力的なことだけじゃなくて、権力という意味でも」

「そうか……」

「それに、絶対に捕まるはずがないと思っているようです。実際、捕まったこともないようですし、やっぱり警察と繋がりがあるんじゃないでしょうか」

組織のトップが何者なのか気になったが、幸則の口振りは慎重だった。名前はおろか、どこのどんなやつかも口にしない。

裁判所の判事とはいっても、一般市民にとっては警察の仲間のようなものだ。訊ねても教えてはくれまい。

加えて、本人も言ったとおり、自首して逮捕されれば家族はショックを受け、酷く悲しむであろう。その上悪党どもの餌食になったら、彼は生きる希望すら失うかもしれない。

よって、無理に証言させるわけにはいかなかった。

「そうか……わかった」

忠雄は渡した名刺を一度返してもらうと、裏に携帯番号と、自宅の住所も書いた。

「自首したあと、お母さんや妹さんが無事だとわかって、その気になったら私に連絡してくれ。信頼できる弁護士を通じてするのが、一番安全だろう。とにかく、君が知っていることを教えてほしいんだ」

名刺を握らせた手を、忠雄は強く握った。

「どうか私を信じてほしい。君から情報を得たことは誰にも言わないし、悪党どもに法の裁きを受けさせるよう、全力を尽くすよ」

民事の裁判官にそんなことができるのかと、疑問は抱かなかったらしい。真剣な思いが通じて、信じる気になってくれたのではないか。

「……わかりました。考えておきます」

消極的な受諾（じゅだく）でも、忠雄は満足であった。

「じゃあ、ここに住所と連絡先を書いてもらえるかな。君の家族も守らなくちゃいけないから」

ポケットから手帳とペンを取り出し、幸則に差し出す。

「え、判事さんが？」

驚きを浮かべられ、かぶりを振った。

「さすがにひとりだと無理だから、私の仲間にも頼むよ。悪いヤツを赦さず、犯罪被害者を守ることが目的の、信頼できるメンバーだから安心してくれ」

さすがにゼロ地裁のことは打ち明けられないが、仕事以外での活動だと匂わせる。そんな曖昧(あいまい)な約束を受け入れてくれたのも、判事という肩書きのおかげであったろう。

「はい。お願いします」

手帳に住所と、自宅らしき電話番号が書かれる。その下に携帯番号を書きかけて、線を引いて消した。

「逮捕されたら、携帯は使えなくなりますよね……」

彼が神妙な面持ちでつぶやく。すべての過ちを受け入れ、贖罪(しょくざい)する覚悟が感じられた。

2

翌日から、忠雄は各メディアの報道を注意深く見た。幸則が自首したのを確認するために。

もっとも、彼は組織の末端の人間である。ほとんど出し子しかしなかったのだから、ニュースバリューとしては弱い。自首ではなく捜査によって逮捕したのなら、警察も得意満面で発表するだろうし、メディアも忖度してネットなり紙面なりに載せるかもしれないが。

今日も帰宅してから、取っている主要紙をすべて確認したのであるが、目当ての記事はなかった。

自首したかどうか、本人に確認するのも不可能だ。携帯番号はわからないし、自宅に電話をするのもためらわれる。

だいたい、家族が出たらどう訊ねればいいのか。自首したあとだったら、かなり気まずいことになる。

警察署に問い合わせるのは可能である。判事である忠雄が訊ねれば教えてくれるだろう。知り合いに頼まれたなど、理由は適当にこしらえられる。

ただ、どこの署かわからない。幸則の自宅近くか、それとも今回亡くなった被害者の捜査を担当するところか。違っていた場合、怪しまれる恐れが無きにしも非(あら)ずだ。

裏の仕事があるだけに、不用意な行動は避けたかった。

　加えて、警察に仲間がいるという話も気に懸かる。それが事実なら、ますます連絡を取るわけにはいかない。判事から問い合わせがあったと、そいつを通じて組織に伝わったら、幸則の覚悟を無にしてしまう。

（というか、本当なんだろうか……）

　特殊詐欺グループが、警察とも通じているなんて。

　若い下っ端を脅すために、嘘をついたとも考えられる。だが、例の被害者の自殺に、未だ釈然としないものがあったため、組織と警察の繋がりも荒唐無稽だと思えなかったのだ。

（被害者の情報が警察から組織に渡って、彼女は消されたんじゃないのか？）

　しかし、あくまでも可能性のひとつに過ぎない。そもそも憐れな高齢女性を、危険を冒してまで殺害する意味があるのだろうか。

　ただ、真菜美の話によると、家族も自殺を疑っているところがあるようだ。特に友人である孫娘が。

『警察にも自殺だろうって言われたし、最初はそう信じたみたいなんだけど、あとから考えたらどうもおかしいって話になったらしくて』

被害者女性は、当初はかなり落ち込んでいたそうだ。けれど、どうしてもお金を取り戻したいという心境になったようで、自ら警察にも出向いたという。

死亡したのは、そのあとのことだ。

（捜査担当者に何か言われて絶望したとか）

鶴見刑事の前例もあって、また同じ不祥事があったのかと疑ってしまう。

ふと気になって、忠雄は自室を出ると、真菜美の部屋に行った。ドアをノックし、入るぞと声をかける。

長女は学習机で勉強をしていた。学校を休んで葬儀に参列したため、そのぶんの遅れを取り戻さなくっちゃと、夕食のときに話していたのだ。

「え、なに？」

真菜美が振り返る。

「勉強中に悪いんだが、あの亡くなったおばあちゃんの、自宅の住所ってわかるかな」

「どうして？」

「所轄署に、詐欺事件の捜査状況を訊いてみようと思ってさ」

「ああ、えっと」

彼女は机の引き出しから葉書を取り出した。葬儀のときに受け取った、会葬の礼状のようだ。

「ここに書いてある住所は友達の家のやつなんだけど。ほら、その子のお父さんが喪主だったから。ええと、おばあちゃんの家は隣の区で、西のほうだって聞いたから、○○区のはずだよ」

忠雄はドキッとした。そこは鶴見がいる所轄署の管内だったのである。

（じゃあ、またあいつが――）

浮かんだ疑念を直ちに振り払う。いくらなんでも、時を経て同じ過ちを繰り返すことはしまい。

だいたい、彼は生活安全課だ。詐欺の捜査をするのは二課だから、担当部署も異なる。

とは言え、妙に気になるのも事実。

「どうかしたの？」

黙りこくった父親に、娘が訝るように眉をひそめる。

「ああ、ごめん。ありがとう。それじゃ、明日にでも確認してみるよ」

真菜美の部屋を出て自室に戻り、忠雄は考え込んだ。

（……鶴見の管轄で、詐欺被害の自殺者がふたり――）

一度目こそ彼が関わったが、時間の隔たりがある。単なる偶然と捉えるのが自然であろう。

だが、もしも偶然でないとしたら——。

明日、ゼロ地裁のメンバーを招集しよう。忠雄は決意した。ひとりであれこれ考えても、何も解決しない。

(それに、彼の母親と妹を守らなくちゃいけないんだよな)

幸則がすでに自首しているのなら、組織のほうに伝わっているのではないか。何も喋らなければ家族には手を出さないということになっているらしいが、悪党どもが律儀に約束を守る保証はない。

では、誰がどうガードすればいいのか。

忠雄は自由に動ける立場にないし、修一郎に見張ってもらうしかあるまい。しかし、彼にも仕事がある。

(美鈴先生に頼んで、強面なヤツを何人か回してもらおう)

歌舞伎町で開業する彼女は、裏の世界の住人のためにも働き、恩を売っている。顔も広いし、声をかければ馳せ参じる者も多いと聞いた。それも、後ろ暗いところのある連中が。

それこそ詐欺グループにも負けない屈強な男たちが、母と娘を守ってくれるに違いない。まさに毒をもって毒を制すだ。

（まあ、あまり近くをウロウロされてもまずいが）

距離を取って気づかれないようにと、釘を刺してもらわねばなるまい。

そちらはどうにかなるとして、あとは悪人退治である。何よりも、幸則がいた組織を潰すことが急務だ。

そして、必ずや償いをさせよう。市井の人々から騙し取った金を一円でも多く毟り取り、被害者に還元するのである。

他の悪事も含めて、やつらはかなりの金額を手にしたに違いない。だが、どうせろくなことに使っていないのだろう。

（たぶん、ほとんど残ってないな）

それなら金を稼ぐために、血ヘドを吐くまで働いてもらわねばなるまい。いっそ命と引き換えにしてでも。

ただ、幸則の話では、トップの連中は武闘派のようだ。そんな組織を相手にするとなると、ゼロ地裁の三人だけでは難しい。そちらも美鈴に人員を確保してもらうしかなさそうだ。

（そろそろメンバーを増やすべきかな）

いざというときに手が足りないのは困る。世に悪党は尽きず、ゼロ地裁が扱う案件も増加傾向にあった。

さりとて、相応しい人材など滅多にいるものではない。正義感が強くて口が堅く、報酬無しでも動いてくれる者。民事訴訟も関わるので、できれば司法関係者が望ましい。

しかしながら、優れた人間は能力に見合った仕事に就いている。得てしてそういう者は、余暇も忙しい。他の任務をこなす余裕があるとは思えない。

（というか、優れた人間が警察で活躍してくれれば、悪人どもがのさばらずに済むんだよな）

磯貝弁護士が言ったように、警察の人間の大多数が無能だとは思わない。けれど、必要な任務をすべて果たしているかと言えば、大いに疑問はある。

特殊詐欺も、捕まるのは末端ばかり。本来なら、組織そのものを壊滅すべきなのに。そこまで捜査の手が及ばないから、幸則と同じく悪事に引き込まれる若者があとを絶たないのだ。

おまけに、鶴見のように不祥事を起こし、余計な手間をかけさせる者もいる。

さすがに今回は違うだろう。そうであってほしいと忠雄は願った。特殊詐欺組織だけで手一杯になりそうなのに、警察の不祥事まで背負い込みたくなかったのである。


翌日、地裁の地下に三人が集ったところで、藤太から情報がもたらされた。

「加地幸則は自首して、現在拘置所に収容されています」

昼間のうちに連絡して、知り合いを通して調べてもらったのだ。

「そうか……よかった」

忠雄は安堵した。どれほどの罪に問われるのか不明ながら、幸則はまだ若い。出所したあとでも充分にやり直せる。

何より、本人があれだけしっかりしているのだから。

彼の家族を守るボディガードも、すでに依頼済みである。

『大丈夫。最高の人材を送っておくから』

美鈴の力強い言葉に、忠雄は電話口で深く頭を下げた。

「え、加地って？」

首をかしげた修一郎に、忠雄は幸則のことを説明した。彼が実行犯を務めたカード詐欺で亡くなった被害者が、娘の友人の祖母であることも。

「そんな繋がりがあったんですか」

「うん。偶然とはいえ、私も驚いたというか戸惑ったよ」

「偶然じゃないのかもしれませんよ」

藤太が言う。忠雄は「え？」と彼の顔を見た。

「もしかしたら、被害者は自身の死をもって、青年と判事を引き合わせたのかもしれません」

穏やかな微笑を浮かべての言葉に、そうかもしれないと思える。あの葬儀場に行かなければ、幸則と対面することはなかったのだから。

それだけに、被害者の無念を晴らさねばという心持ちになる。

「そうかもしれない。まあ、また鶴見が関わっているのは、偶然だろうけど」

忠雄の言葉に強く反応したのは、修一郎だった。

「え、鶴見が？」

「うん。自殺したことになっている被害者の住まいは、やつがいる所轄署の管轄区域なんだ。詐欺の捜査も、おそらくそこがやってるんだろう」

説明し、肩をすくめる。

「まあ、やつは生活安全課だから、捜査とは関係ないだろうが」

「そうとも言い切れませんよ」

修一郎が鼻息も荒く身を乗り出す。

「その所轄署は、特殊詐欺事件が頻発しているため、捜査二課と生活安全課が合同で捜査に当たっているんです」

「なんだって⁉」

「いちおう生活安全課が住民への周知と犯罪抑止を、捜査二課が実際の詐欺事件の捜査に当たるようですが、人手が足りないということもあって、捜査本部はふたつの課の人員で構成されているようです」

特殊詐欺について、署内の課を跨いで撲滅を図っているというのは、忠雄も聞いたことがあった。鶴見のところは、さらに徹底して進めているらしい。

「実は、鶴見に関して友人に訊いたところ、どうも評判は芳しくないようで。というのも、生活安全課の課長として、特殊詐欺の防止について課員に発破をかけなければならないのに、他のどうでもいいことを優先させる傾向があるようなんです。そのせいで、管轄内の特殊詐欺がまったく減らないと、そいつは嘆いてました」

「むぅ……本当なのか？」

「ええ。さらに、率先して被害者の調書を取ることもあったそうなんですが、おざなりの態度を取られた上に、その後の進展について何の連絡もないと、クレームが複数件来ているようです。私の友人は課が違うので、あくまでも見聞きした限りだということでしたから、実数はもっと多い可能性があります」

そこまで話して、修一郎は忌ま忌ましげに鶴見を批判した。

「さすがに暴言は吐いていないようですが、課長のくせにやる気がないなんて、どうかしてますよ。まったく役に立っていない」

憤慨するのも当然だと、忠雄は胸の内で賛同した。それこそ磯貝の言った、ぼんくらな木っ端役人そのものではないか。

（なのに警部で課長だなんて。人事担当や上の連中は何を見ているんだ？）

憤り（いきどお）で自然と顔が歪む。すると、修一郎が思い出したように質問した。

「そう言えばさっき、山代判事はあの被害者を、『自殺したことになっている』と言いましたよね。ひょっとして、他殺の可能性があるんですか？」

「ああ……いや、確信があるわけじゃないが、どうも自殺とは思えないんだ。被害者の遺族も、特に孫娘は疑念を抱いているらしい」

「何か理由でも？」

「絶対に金を取り戻したいと、自分から警察に出向いたそうだ。何か思い出したことがあって、証言をしに行ったのかもしれない。電車との接触事故で亡くなったのは、そのあとのことだ」

「ひょっとして、警察で対応したのは、鶴見なんじゃないですか」

藤太の推測に、他のふたりもうなずいた。

「可能性はあるな」

「じゃあ、暴言を吐かれたか、絶望的なことしか言われなかったせいで、悲観して自ら命を——」

そこまで言って、修一郎が右手の拳で、左の掌を打つ。バチッと鈍い音が響いた。かなりの怒りを覚えたようだ。

「だが、可能性はもうひとつある。加地君が言っていたんだが、彼がいた組織は警察とも繋がりがあると」

「ええっ⁉」

「その繋がりのある人間があの所轄署にいて、組織に被害者の情報を伝えたものだから、このままではまずいと、組織の人間が手を下したとも考えられる」

忠雄の言葉に、修一郎が推論を追加する。

「その繋がりのある人間が、鶴見だということも」

「もちろんあり得るな」

三人は押し黙った。特殊詐欺グループの犯罪に、警察の不正も絡んでいそうだからである。

つまり、一筋縄ではいかないということだ。

「……どうしますか？」

藤太が訊ねる。厄介なことを背負い込んだという面持ちを隠さずに。相手をするのに、警察は悪人以上にタチが悪いと、彼もわかっているのだ。

身内だからではない。悪や不正を取り締まる存在であるがゆえに、悪や不正を包み隠すことも得意なのである。それこそ磯貝が嘆いたとおりに。

「とりあえず、組織の全貌がわからないことには手を出せない。今のところ、こちらには何の情報もないんだから」

「どうするんですか？」

修一郎が苛立ちをあらわにする。

「加地君の連絡を待つしかない。彼が唯一の手掛かりなんだ。私の連絡先は教えてあるから、いずれ何か伝えてくれるかもしれない」

忠雄は期待していたのであるが、他のふたりには理解してもらえなかったと見える。表情に諦めが見て取れた。

「あとは特殊詐欺グループについての情報を手当たり次第集めて、加地君がどこに関わっていたのかを調べるしかない。かなり慎重だったようだし、尻尾を摑みづらいとは思うが」

「いっそ鶴見を拉致して、絞りあげたらいかがですか？　威張りくさるだけの、くだらない男のようですし、そういうヤツは得てして拷問に弱いんですよ」

藤太が物騒なことを言う。見た目や言動は温厚でも、ときに冷徹な一面を見せることがあるのだ。

「まだ鶴見が関わっている証拠がない。とりあえず、被害者が警察でどんな証言をしたのか、調べてもらってくれないか。調書なり記録なりが残っているはずだから」

「わかりました。友人に頼んでおきます」

修一郎がうなずく。もっとも、そんなことで何がわかるのかと、焦れているのが窺えた。

「とにかく、少しずつでも証拠を積み上げるしかないんだ。それから、立花さんにお願いがあるんだが、加地君がいる拘置所に出向けないかな」

「ええと、知り合いもいますし、用件をこしらえればどうにか」

「できたら、加地君に会ってほしいんだ。お母さんと妹さんは、何の心配もいらないと伝えてほしい。それで安心して、私に連絡をくれるかもしれないから」

「承知しました。やってみます」

「頼んだよ。私は明日にでも美鈴先生に会ってみる。顔が広いひとだから、特殊詐欺グループについて、何か情報が得られるかもしれない」

ふたりに向かって言ったように、できることを少しずつでもやるしかない。忠雄自身もそのことを、強く肝に銘じた。

3

「おはよう、パパ」

二日後のダイニングキッチン。制服姿の真菜美が朝の挨拶をし、食卓についた。

「うん、おはよう」

「牛乳はホットにする？　それとも冷たいの？」

マグカップに牛乳を注いだ母親の問いかけに、

「んー、熱めにして」

答えた長女が、お皿に用意してあったトーストの端っこをかじる。いつもの平和な、朝の風景だ。

「ねえ、パパ。何かわかった？」

出し抜けの質問に、忠雄は口に含んだばかりのコーヒーを、ゴクッと音を立てて喉に流した。

「え、何かって？」

「どこまで捜査が進んでいるのか、警察に訊くんじゃなかったの？」

言われて、友人の祖母が被害に遭った詐欺事件のことだとわかった。

「ああ。なかなか巧妙らしくて、まだ手掛かりが摑めていないそうだ」

「なんだ。警察も頼りないね」

真菜美が頬をふくらませる。ミステリー好きだから、少しも捜査が進展しないのが不満らしい。

（そりゃ、名探偵でもいれば別だろうけど）

機嫌を損ねるだろうから、胸の内でたしなめる。

いや、仮に名探偵がいても、今回のような特殊詐欺事件は、すぐには解決できないであろう。トリックだのアリバイだの、ダイイングメッセージが残された殺害現場だの、劇場型の証拠があれば明晰な頭脳が能力を発揮しても、彼らには地道な捜査は不向きなのだ。

なんてことは、もちろん口には出せない。

忠雄は点けっぱなしのテレビに、何気なく視線を向けた。音量を絞って、朝のニュースが流れていたのであるが、

「なにっ！」

いきなり大きな声を出して席を立った忠雄に、妻も娘も目を丸くした。

「どうしたの、あなた？」

「び、びっくりした」

ふたりにはかまわず、リモコンを手にしてテレビの音量を上げる。

拘置所で詐欺事件の容疑者が自殺したというニュースであった。そこは幸則が収容されていたところであり、名前こそ出なかったが、年齢は彼と合致している。

「おあよー。どうしたの？」

眠そうに目をこすりながら、阿由美がパジャマ姿のまま起きてくる。けれど、忠雄は挨拶を返すこともせず、テレビ画面を凝視（ぎょうし）して立ち尽くした。

同日夕刻、ゼロ地裁の会議室——。

集う三人の表情は、一様に暗かった。唯一と言っていい証人が、いなくなってしまったのだから。

「……私が早く面会して、母親や妹に心配がないことを伝えていれば、彼も死なずに済んだんでしょうか」

藤太が後悔を滲ませて言う。昨日、彼が拘置所を訪れたとき、時間が遅いからと面会できなかったのだ。

そのときにはすでに、幸則は首にトレーナーの袖（そで）を結わえた状態で、冷たくなっていたのである。

「立花さんのせいじゃないさ」

忠雄の言葉も慰めにならなかったようで、藤太は視線を床に落としたままであった。

「だけど、本当に自殺だったんですか？」

修一郎の問いかけに、誰も答えない。その疑問は、そこにいる全員が等しく抱いていた。

「……母親と妹に、迷惑をかけたと謝る手紙があったようです」

間を置いて、藤太が口を開く。

「拘置所の友人に教えてもらいました」

「それが遺書だっていうのかい？」

忠雄は首をかしげた。

「死ぬ前に書かれたものだと、はっきりしたわけではなさそうです。自首したあと、家族宛に書いた謝罪文とも取れますから」

「間違いなくそっちだな」

断定した忠雄に、修一郎が確認する。

「山代判事は、加地が自殺したとは考えてないんですね」

「うん。自殺する理由がないからね」

葬儀場の外で会ったときのことが思い出される。あのとき、幸則は母や妹の心配をしながら、償いを第一に考えていたのだ。今になって無責任な死を選ぶはずがない。

「では、殺されたと？」

藤太が探る眼差しで訊ねる。これには、忠雄は即答できなかった。

「……拘置所に入れる人間なんて、限られているからね」

それだけ答えて、年上の刑務官に依頼する。

「あの時間、拘置所にいた人間を調べてもらえないか。所内の者だけでなく、来所者の名簿も」

「名簿なら、もう調べてあります」

「うん、それで？」

藤太がなぜだか顔をしかめる。

「だいたいは検察、警察の関係者でしたが、その中に鶴見もいました」

途端に、会議室内に緊張が走った。

「何の用件で？」

忠雄が眉間にシワを刻んで質問する。

「都条例違反者の取調だったようです。但し、やつが面会したことになっている被疑者は、その前に釈放されていました」

藤太が答え、あとを修一郎が継いだ。

「それから、例の自殺した詐欺被害者ですが、やはり所轄署に行ってました。来訪者の記録が残っていましたし、いちおう調書もあったとのことです」

「え、いちおう？」

「特記事項無しと。対応したのは鶴見です」

限りなく黒に近い灰色。鶴見への疑惑がいっそう深まる。

「……つまり、加地を殺したのは」

藤太がつぶやくように言う。

「もしかしたら、詐欺被害者の女性も――」

修一郎が続ける。三人とも同じ名前を思い浮かべていたはずなのに、口には出さない。確たる証拠がないからである。

「とにかく、加地君が自殺ではないと証明する必要がある」

忠雄の言葉に、他のふたりがうなずく。

「まさか、検視だけで終わらせるなんてことはないだろうね」

懸念を口にすると、藤太が首をかしげた。

「あり得ますな。自殺されただけでも大問題なのに、他殺の疑いがあるなんてことになったら、非難囂々でしょう。何もなかったことにしたいというのが、拘置所の人間の本音ですよ」

「そうすると、司法解剖をせずに検視だけで終わらせて、お茶を濁す可能性があると？」

「ええ。あるいは、法医学教室の予定が詰まっているからと後回しにして、ほとぼりが冷めた頃に、結局自殺だったという結論を出すことも考えられます」

「それじゃ困るんだ」

忠雄が声を荒らげる。真実を明らかにし、悪党どもに法の裁きを受けさせるという幸則との約束が、果たせないことへの苛立ちもあった。

「大丈夫です。あの拘置所の所長は私の後輩で、あれこれ世話をしてやりましたから、やるべきことをしっかりやるよう言って聞かせます」

「うん。頼んだよ」

「だけど、法医学教室に余裕がないのは間違いないんですよね」

修一郎が腕組みをする。

「知り合いの捜査関係者が、よく言ってます。司法解剖のパーセンテージを上げたくても、やってくれる場所や人間が足りないんだと。加地の解剖も、仮にやってもらえることになったとしても、時間がかかるかもしれません」

「ああ、そうだ。それなら――」

忠雄は思い出して手帳を開いた。

「立花さん、拘置所の所長に、この大学を紹介してやってくれないか。すぐにでも解剖してくれるはずだからと」

「わかりました」

「え、そんなところがあるんですか？」

半信半疑の面持ちの修一郎に、忠雄は説明した。

「前に、美鈴先生に言われたんだ。急ぎの解剖があったら、自分がするからと。ここの法医学教室の教授に、かなりの貸しがあるとかで、施設もすぐに借りられるそうなんだ。というより、嫌とは言わせないらしい」

「なるほど」

修一郎だけでなく、藤太も納得した面持ちを見せる。美鈴ならあり得る話だと思ったのだろう。

「美鈴先生には、私から連絡をしておく。解剖して何かわかったら、ふたりにもすぐ知らせるよ」

「了解です」

「では、私は引き続き、拘置所での鶴見の動きを調べてみましょう」

藤太の言葉に、忠雄は「頼みます」と頭を下げた。

「あと、谷地君も、鶴見の情報をできるだけ多く集めてくれ。どんな些細なことでもかまわないから」

「わかりました」

まだ事実の一片すら摑めていない。それでも、ゼロ地裁の誰ひとりとして諦めてはいなかった。

加害者側と被害者側、すでにふたりが亡くなっている。もしかしたら表沙汰になっていないだけで、もっと多くの命が奪われている可能性もある。

彼らの無念を晴らすためにも、悪党どもを見逃すわけにはいかなかった。

4

翌日は土曜日ながら、加地幸則の司法解剖が行なわれる手筈になっていた。美鈴が昨夜のうちに動いて、遺体の運搬から何から、関係者にすべて準備させたのである。

医師としての腕もさることながら、美鈴は顔の広さや行動力、洞察力などすべてにおいて優れた人物だ。彼女がいるからこそ、ゼロ地裁は成り立っていると言っても過言ではない。

夕方には結果が出るからと、忠雄は心待ちにしていた。

実は、司法解剖に立ち会わないかと誘われたのである。けれど、信頼しているし、すべて任せますからと辞退した。

遺体や内臓がおぞましくて見られないというわけではない。ゼロ地裁で制裁が決定した悪党が、臓器をひとつひとつ摘出されるなんて場面を目の当たりにしたこともあるのだ。

だが、今回解剖されるのは悪人ではない。生前にも会っている、正しい行ないをしようとした若者だ。

それだけに、冷静に対面できる自信がなかったのである。

休日ではあっても、判例調べや判決文の精査など、やるべきことはある。自室でそれらの仕事をしていたとき、携帯に着信があった。

(え、もう解剖が終わったのか?)

美鈴からの連絡かと思いかけ、そうではないとすぐに気がつく。バイブの振動を響かせていたのが、ゼロ地裁の連絡用に使うガラケーではなく、プライベートと仕事で使うスマホだったからだ。

　ディスプレイに表示された番号は、登録されていない見知らぬもの。誰かなと首をかしげつつ、応答ボタンをタップする。

「もしもし」

　呼びかけると、ひと呼吸の間があったあと、

『……あの、判事の山代さんのお電話でしょうか？』

　女性の声で怖ず怖ずと訊ねられる。かなり若そうだ。

「はい、そうですが」

『わたし、加地詩織と申します。加地幸則の妹です』

　忠雄は反射的に椅子から立ちあがった。

　先方から会ってほしいと言われるまでもなかった。忠雄のほうも、是非とも対面で話をしたかったのである。

　わかりやすい場所がいいと新宿で待ち合わせる。紀伊國屋書店の前に着き、目印である白いハンカチで額の汗を拭いてすぐに、

「山代さんですね」

制服姿の少女が、小走りで駆け寄ってきた。彼女も高校の制服を着てくると言ったのである。

「ああ、どうも。初めまして。山代忠雄です」

改めて名乗ると、少女も「加地です」と頭を下げる。

高校二年生だと聞いたから、娘の真菜美と同学年だ。そのわりに大人びた印象を持ったのは、わずかに愁いを帯びた面差しのせいだろうか。

「では、向こうに行きましょうか」

「はい」

忠雄は静かな喫茶店に詩織を連れて行った。打ち合わせや商談でよく使われるところだが、休日ということで家族連れやカップルの客が多い。ただ、席はあまり埋まっておらず、ふたりは隅の目立たない場所に坐った。

「何でも好きなものを頼んでいいからね」

メニューを渡してそう告げた途端、照れくさくなる。いたいけな少女をお金で買う、パパ活オヤジみたいだと思ったのだ。

「すみません」

詩織が恐縮しつつ、オレンジジュースを選ぶ。忠雄のブレンドと一緒に注文したあと、

「ところで、お兄さんからの手紙があるって？」

待ちきれずに話を切り出す。電話で伝えられたときから、気が逸(はや)っていたのだ。

「はい。これです」

小さな手提げ袋から取り出されたのは、ごく普通の茶封筒であった。表には「山代判事様」と、ボールペンで書かれている。

「これはいつ預かったの？」

訊ねると、詩織が俯(うつむ)く。

「兄が自首する前に……山代さんの名刺も渡されて、自分に何かあったら、これを山代さんに届けてほしいって」

そのときのことを思い出したのか、声がかすかに震える。まだ高校生の少女には、兄が悪事に関わっていただけでも、大ショックだったろうに。

ただ、自首する前に手紙を託したのは、賢明だったかもしれない。特殊詐欺は組織犯罪であり、接見禁止になる可能性がある。そうなったら手紙のやり取りは

容易ではない。

幸則がそのことを知っていたかどうかは定かではない。しかし、警察へ行く前から、無事では済まないという予感があったらしい。だからこそ、こうして手紙を遺したのだ。

「お兄さんのこと、大変だったね」

今さらのように慰めると、詩織が小さくうなずいた。

「警察に自首するって言われたときは、わたしも母も驚いて、母は大泣きしました。兄は真面目だし、悪いことなんかできないって思ってましたから」

「うん。とても正直で、しっかりした青年だったよ」

「ありがとうございます。わたしたちも、ちゃんと償いをしたいっていう言葉を信じて、兄を見送ったんです。なのに——」

彼女は顔を上げず、目を伏せたまま話した。スカートの上に揃えた手の甲に、ときおり涙の滴を落として。

「お待たせいたしました」

注文した飲み物が運ばれてくる。それがテーブルに置かれるあいだに、詩織は目元と手の甲をハンカチで拭(ぬぐ)った。

「ごゆっくりどうぞ」

店員が去ると、高校生の少女は顔を少しだけ上げた。

「すみません……」

掠れ声で謝る。前髪に隠れて目元は見えなかったが、頬がこすれたように赤くなっていた。

「お兄さんが自分のしたことと向き合って、自首したのはとても立派だったと思う。だけど、まさかこんなことになるなんて……私も驚いたし、悔しいし、とても悲しいんだ」

忠雄の言葉を聞いてから、詩織が思い詰めた口調で訊ねる。

「山代さんは、兄が本当に自殺したと思いますか？」

率直な問いかけに、誤魔化しは不要だ。少女の疑問に、真摯に向き合わねばならない。

「思っていない。加地君——幸則君は、自殺するような人間じゃない」

きっぱり告げると、涙の滲んだ目が真っ直ぐ見つめてきた。

「わたしもそう思います。兄は、迷惑をかけたひとたちに償いたい、そのために自首するんだって、わたしと母に言ったんです。だから、償いをする前に死ぬはずがありません」

胸が締めつけられる。こんなにも澄んで綺麗な目を、久しぶりに見せられた気がした。

(おれはこの子のためにも、真実を明らかにしなくちゃいけないんだ)

絶対に諦めない。忠雄は自身に誓った。

「山代さん、兄は誰かに——」

不吉な言葉を口にせず、詩織が悲愴な面差しで訊ねる。

「警察から連絡があったかもしれないけど、お兄さんの遺体を調べているそうだよ。何かわかったら連絡があると思う」

忠雄には、そう伝えるのが精一杯であった。

刑事が手を下した可能性があるなどと、軽々しく言えるはずがない。また、美鈴の司法解剖で殺人だと断定されたとしても、鶴見の仕業だという証拠はないのだ。おそらく、今後も出てこないであろう。

よって、鶴見に制裁を執行する場合はゼロ地裁で、秘密裏に行なわれることになる。それを一般人である高校生の少女に明かすのは不可能だ。

「はい……お願いします」

詩織が恭しく頭を下げる。忠雄は胸が痛むのを覚えつつ、

「さあ、飲みなさい」

と、ジュースを勧めた。

彼女がストローに口をつけるあいだに、忠雄は手紙の封を破った。

便せんではなく、普通のレポート用紙に書かれた内容は、組織の手口と構成、それから幸則が知っている限りの、関連していると思しき場所であった。

個人名として挙がっていたのは数名である。指示役の滝沢と、彼が何かの折りに口にした、仲間か幹部らしき人物。すべて姓か通称のみであった。

だが、組織のトップだけは、フルネームで書かれていた。

(徳寺剛司か)

その名前には見覚えがあった。たしか半グレ上がりの悪党で、そこら中のチンピラどもを束ねて、暴力団まがいの活動をしているやつである。

よって、そいつが組織のトップであることに驚きはなかった。忠雄が関心を持ったのは、かなり強力な後ろ盾がいるらしいという、幸則の記述であった。

(後ろ盾……鶴見のことか？)

しかし、所轄署の課長レベルでは、後ろ盾というには心許ない。さらに力を持

った者がバックにいそうである。

つまり、鶴見もそいつの犬なのか。

「あの、兄とはどこで知り合ったんですか？」

オレンジジュースを半分ほど飲んだ詩織が質問する。そこまでは聞かされていなかったようだ。

「お兄さんが自首を決めたきっかけのことは、何か聞いてる？」

「はい。お金を盗られた被害者の方が亡くなったって」

「そのひとのお孫さんが、ウチの娘と友達でね。葬儀に参列するというから送っていったときに、葬儀場の外で幸則君に会ったんだ」

被害者が亡くなったことで心を痛めていたと告げると、詩織は少しだけ安堵の面持ちを見せた。

「お兄ちゃんらしいです」

普段はそう呼んでいたのだろう。悪に手を染めていたとわかったあとでも、兄を慕う気持ちに変わりはないようだ。

(きっと、妹思いの優しいお兄ちゃんだったんだな)

もちろん、女手ひとつで自分たちを育ててくれた母親にも、感謝といたわりの気持ちを持っていたに違いない。だからこそ苦労をかけまいと、自ら大学進学の資金を稼ぐことにしたのである。

そうして真っ当に生きようとした若者を、悪の道に引きずり込むなんて。やつらを決して許すわけにはいかない。

「あ、そう言えば」

詩織が何かを思い出したふうに小首をかしげる。

「兄が自首する前に、わたしたちのことは山代さんにお願いしたから、きっと守ってもらえるって言ってたんです。何だか大袈裟だなって思ってたんですけど、ときどき、ちょっと怖そうな男のひとが、わたしや母の周りに見えることがあって。でも、何かしてくるんじゃなくて、見守ってくれているみたいな感じだったんです」

美鈴が派遣してくれた用心棒のことらしい。

（まったく……姿を見られたら、逆に怖がらせるじゃないか）

危害を加えられるわけではないと、わかってもらえたのは幸いである。あるいは強面なだけで、実は心優しい男を選んでくれたのだとか。

ともあれ、判事ともあろう者が、そういうやつらを子飼いにしているなどと思

われるのは好ましくない。そのため、

「あのひとたちは、山代さんが頼んだんですか?」

詩織の質問に、忠雄は首をひねり、

「いや、ちょっとわからないな」

何食わぬ顔で答えた。

5

詩織と別れたあと、書店で時間を潰していると、美鈴から連絡があった。解剖を終え、医院に戻ったという。

忠雄はすぐさま歌舞伎町に向かった。

通称ヤクザマンションの裏手。到着したと美鈴に電話をすると、関係者以外立入禁止の鉄製ドアが中から開けられる。そこから階段を下りて地下へ。ガラス製の自動ドアを過ぎれば、白を基調とした清潔な印象のスペース。そこが美鈴の医院であった。

彼女は奥の診察室にいた。デスク前の椅子に腰掛け、脚を高く組んでいる。羽織った白衣の下は赤いブラウス。下は豊かな腰回りを強調する、タイトなミニスカートだ。

ストッキングに包まれた美脚が、太腿の付け根近くまで見えている。さらに、ブラウスのボタンも三つほどはずれているから、胸の谷間まであらわだ。

いつもながらのセクシーな装いに惑わされぬよう、忠雄は美人女医の顔だけを見て進んだ。

「で、解剖の結果は？」

質問に、美鈴がつまらなそうにデスクの写真を揃える。

「わたしがわざわざメスを振るうまでもなかったわね」

解剖所見らしき、人体図の描かれた書類を忠雄に示した。

「舌骨が折れてるし、皮下組織の縊溝も、現場写真と合致しない。明らかに絞殺したあと、自殺を偽装したのね」

「やっぱりそうか……」

忠雄が渋い顔でうなずくと、彼女は現場写真をまじまじと眺めた。

「まあ、最初から自殺と決めつけてたら、解剖しても詳しく診ないだろうし、矛盾するところがあっても、報告書には自死と書くでしょうね」

「だろうね」

「だけど、本当に自殺ってことにしておくの？」

美鈴の問いかけに、忠雄は「うん」と首肯した。

「殺人となれば大騒ぎになるし、犯人が警戒するからね。油断させるためにも、敵の思惑どおりにしておきたいんだ」

「まあ、わたしはべつにかまわないんだけど。それで、犯人はわかってるの」

「……まだ確証はない」

「でも、拘置所にいた人間なんて限られるじゃない。刑務官か検事か弁護士か、はたまた警官か」

探るような目を向けられ、素直に白状する。彼女には今後も協力してもらいたいし、隠し事は互いの信頼関係を損なうだけだ。

「おそらく警官――刑事だと睨んでるんだ」

「なるほど。そうなると特定は難しいわね。殺人だとわかっても、そいつ自身の証拠は何ひとつないんだろうし」

捜査のノウハウがわかっているから、どうすれば見つからないかも熟知している。そのぐらい、美鈴にもお見通しのようだ。

「そうすると、遺体にも犯人の証拠はなかったんだね」

「あら、決めつけるのは早いわよ」

　そう言って彼女が見せたのは、三センチほどの小瓶(こびん)だった。中に短い毛のようなものが入っている。

「被害者の耳の中にあったの。たぶん鼻毛ね。首を絞めるときに入ったんだと思うわ」

「じゃあ、DNAが取れるんだね」

「容疑者のサンプルがあれば鑑定できるわよ。知り合いの研究所に頼めば、超特急で」

「わかった。用意しておくよ」

「でも、裁判での証拠に使うのなら、今日の執刀はわたし以外の人間がしたことにしておかないと。モグリの医者が解剖しましたなんて笑い話にもならないし、そもそもわたしは証人になるつもりもないから」

　美鈴に釘を刺され、忠雄はかぶりを振った。

「いや、鑑定結果は裁判で使わない。他の証拠も」

「てことは、証拠採用するのは」

「ゼロ地裁だよ」

やっぱりねという顔を見せた美人女医が、微笑を浮かべる。

「それじゃ、報告書は自殺で問題なしね」

「うん。ところで、徳寺剛司ってやつのこと、何か知ってるかな」

忠雄の質問に、美鈴が怪訝（けげん）な面持ちを見せる。

「いちおう情報はあれこれ入ってるけど、あいつがどうかしたの？」

「一連の特殊詐欺は、そいつが親玉なんだ」

「あら、そう」

少しも驚いた様子がない。充分にあり得ると、彼女も思っているようだ。

「まあ、悪いことは何でもする人間だし、べつに不思議じゃないんだけど、間違いなくブレーンがいるわよ」

「後ろ盾ってことかい？」

「じゃなくて、文字通りの頭脳。要は入れ知恵をするやつよ。だって、あいつはひとたらしがうまいだけで、ただの馬鹿なんだもの。特殊詐欺なんて間怠（まだる）っこしいことをするぐらいなら、恐喝かひったくりか強盗で金を稼ぐほうが手っ取り早いって考えるはずよ」

「そうすると、部下に頭の働くやつがいるのかな」

「その可能性はあるけど、特殊詐欺の指南役なら、もっと相応しい人間がいるじゃない」

「え、誰？」

「警察の人間よ。特殊詐欺のやり方から人集めの方法まで、数々の事例を知っているぶん、いくらでもアドバイスができるでしょ」

美鈴に言われるなり、頭の中の霧が一瞬で晴れる。

（それじゃ、鶴見が――）

悪事が発覚しないよう、鶴見が詐欺グループに協力しているのだと、忠雄は考えていた。だが、美鈴が言ったとおり、もっと中心的な役割を担っている可能性がある。

いっそのこと、やつが徳寺を始めとした悪党どもを集め、影のボスとして君臨していると捉えたほうがすっきりするではないか。

では、後ろ盾とはやはり鶴見のことなのか。だが、連中は何があっても捕まらないと安心しきっているようだ。いざ悪事が発覚すれば、鶴見にはそこまでの力はあるまい。

それに、特殊詐欺で集まった金が何に使われるのかと考えると、鶴見が最後のていない。

砦（とりで）とは思えなかった。やつが羽振りのいい暮らしをしているなんて情報も入っていない。

（ここは金の行方を追うべきだな）

鶴見が隠し資金でも貯め込んでいれば、やつが裏ボスだとはっきりする。しかし、他に流れているとすれば、その先に本物の悪党がいるはずだ。

「美鈴先生は、徳寺に入れ知恵をした刑事が、拘置所の偽装自殺に関わっていると思ってるんだね」

忠雄が確認すると、彼女がきょとんとした顔を見せる。

「だって、山代さんが犯人は刑事だって言ったんじゃない。だったら特殊詐欺にも協力してるって考えるのが自然でしょ」

それもそうだなと、忠雄は納得した。

「ただ、さっきの証拠で、拘置所の殺人犯がその刑事だと証明されても、特殊詐欺に関わっていたことまでは証明できないわよ」

「確かに。まあ、いざとなったらそいつを締めあげるしかないけど」

「だったら、徳寺を攻めたほうが早いわよ」

「え、どうやって？」

幸則も腕力がありそうだと言っていたし、忠雄が写真で目にした徳寺も、プロレスラーまがいの体格をしていた。簡単に白状するようなタマには見えない。

「あいつには弱点があるの。そこを狙えば、何でも喋るわよ」

思わせぶりな笑みを浮かべた美鈴が腕組みをする。豊満なバストが強調されたのも目に入らず、

「どうやってやつを落とすんだい？」

忠雄は身を乗り出して訊ねた。

第三章　歪む世界

1

（クソッ、何だってんだ）

視界を完全に奪われた状況で、徳寺剛司は身をよじってもがいた。だが、縛めから逃れるのは不可能だ。

目が見えなくても、椅子に坐らされているのはわかる。それも床に固定されているのか動かないし、かなり頑丈なもののようだ。

徳寺は身長が百九十センチ近くあり、体重も百キロを超える。にもかかわらず、ジタバタしても軋みすら立てないのだ。

その椅子に、彼は後ろ手で縛りつけられていた。上半身だけでなく、太腿や脛までも、かなり太くて丈夫な紐（ひも）——おそらくロープを用いて。

何も見えないのは、頭に袋を被せられているからだ。

見事なまでの囚われの身。対立する組織の構成員を拉致し、こんなふうに縛り上げて拷問したことはあったが、される立場は初めてだった。

（フン。おれはちょっとやそっとじゃ、何も喋らねえからな）

こんなことをするやつらの目的は、未（いま）だ不明だ。だが、妻子を誘拐したと連絡を寄越し、言われたとおりにひとりで来た自分を薬か何かで眠らせ、拘束したのである。

（まったく、弱みにつけ込む卑怯者め）

徳寺は胸の内で毒づいた。高齢者を騙して金を毟り取ることが卑怯だなんて、これっぽっちも思っていない。

『あなた、助けて。お願いだから、このひとたちの言うとおりにして』

電話口の妻の声は、かなり切羽詰まっていた。そのため指示に従ったのであるが、今から考えるとどうもおかしい。

法に触れることをしているのだし、対立する組織はいくつもある。そのため、身辺警護は厳重だった。

無論、妻子も例外ではない。自宅マンションは若いやつが見張っており、外出するときもガードするよう、厳しく命じていた。

なのに、どうして誘拐が可能なのか。

（物真似芸人でも雇って、ウチのやつの声マネでもさせたんじゃないか？）

それにまんまと引っかかったとすれば、自分の愚かさが嫌になる。この世で何よりも大切な妻と息子を奪われたと知って頭に血が上り、冷静さを欠いていたのは否めないが、まずは本人に電話をかけて確認すべきだったのだ。

これでは息子を騙る電話に騙され、金を払った老人たちを笑えない。実際、その方法でもだいぶ稼いだというのに。

だいたい、本当に誘拐したのなら、妻と息子に対面させるはずだ。なのに、小一時間もこの状態である。その前にしばらく眠らされていたから、すでにかなりの時間が経っていると思われる。

どうして敵は何もしてこないのか。声が嗄れるほど何度も叫んだから、こっちが目覚めているとわかっているはずなのに。

「ふざけんなよ、この野郎！」

苛立ちを声に出した次の瞬間、頭の袋がはずされた。

「ううっ」

堪らず呻いたのは、正面の上方から光を当てられたからだ。闇に慣れた目に、痛みを覚えるほど強烈なものを。

「クソッ、ライトを消しやがれ」

顔を歪めて訴えても、光は弱まりすらしない。それでも瞼を閉じず、懸命に前方を睨みつけたのは、男の意地であった。

そして、自分がいる場所をどうにか見極めようとする。もののかたちらしきものが、少しずつ視界に浮きあがってきた。

（……なんだ、ここは？）

どこか既視感のある眺め。徳寺は眩しいせいばかりでもなく顔をしかめた。

最初、正面に祭壇でもあるのかと思った。けれど、何の装飾もないそこには仏像などなく、代わりに人間がいた。

逆光のため、顔はまったくわからない。ただ、こんなふうに高い位置にいる人物を見あげたことが、過去にもあった。

（法廷なのか？）

若い頃に逮捕され、裁判にかけられたことがあった。つまらない暴力事件だったが、初犯ということで――実際は、誰かをボコボコにしたことは数え切れないほどある。ただ捕まらなかっただけだ――執行猶予がつき、刑務所には入らずに済んだ。

目の前のこれは、裁判官席にそっくりだ。本物よりも高さがあるように感じられるのは、周囲が暗いせいか。

また、すぐ前には半円形の古めかしい柵。これが証言台なのか。実際の法廷にあったのは、演台みたいな机だったのに。

どうやら自分は、裁判にかけられるらしい。もちろん正式なものではないし、要は裁判ごっこだ。

「ふざけるな、この野郎！」

無駄な足掻き(あが)と知りつつも、暴れずにいられない。断罪される場だと理解したからだ。やはり妻子を誘拐したというのは偽りであり、くだらないごっこ遊びで難クセをつけるつもりなのだ。

（こんな悪趣味なことを考えるのは、富上(とがみ)の野郎だな）

対立するグループのリーダーが頭に浮かぶ。ただ、目の前のシルエットは、富上とは違うようだ。自分は表に出ず、代役を立てたのか。

やつは前科何犯だなどと誇っているが、何度も逮捕された大馬鹿者だと吹聴していることに気がついていない。そのぶん裁判も慣れたものだし、だからこんな舞台をしつらえたのであろう。

そう決めつけたものだから、

「徳寺剛司——」

聞き慣れない声が重々しく響き渡り、思わずギョッとする。チンピラの富上とは異なり、やけに威厳があった。

それでも、負けてなるかと虚勢を張る。

「誰だ、てめえは」

目の前にシルエットに、徳寺は低く唸るような声で訊ねた。しかし、それに対する返答はない。

「お前は昔からの部下や、騙して引き込んだ若者たちを使って、数々の悪事を重ねてきた。それにより多くの善良なひとびとを苦しめ、死に追いやったのだ。人間の風上にも置けない腐れ外道を、何の反省も贖罪もないまま、再び世に放つわけにはいかない」

侮蔑的な宣告に、怒りがふくれあがる。

「何だと、この野郎！」

「罪を認め、厳罰を覚悟するんだな」

「うるせえぞ、クソが。偉そうに説教しやがって、何様のつもりだ⁉」

大声で言い返しても、敵はまったく怯まない。いつも闊歩しているシマでこんなふうに威嚇すれば、みんな震えあがるというのに。

縛めの状態にあるとは言え、脅しが通用しないことで勢いが殺がれる。徳寺自身が心細くなってきた。

それでも、

「罪を認めるのか？」

落ち着いた声量ながら、妙に力のある問いかけに、

「認めるかよ、馬鹿っ」

子供みたいな反抗をする。

「そうか」

シルエットがうなずいたかに見えた。

と、左隣にあった大画面のテレビが点く。そこにそんなものがあったなんて、まったく気がつかなかった。

何の表示もない青い画面。何が始まるのかと戦々恐々としつつ、弱みを見せまいと横目で睨みつける。

「なんだ、エロビデオでも見せてくれるのか？」

下品な発言は、精一杯の強がりだった。

画面が乱れる。一瞬暗くなったあと、ふたりの人物が映し出された。

「あ――」

動けないとわかっていながら、徳寺は身を乗り出そうとした。

どこかの倉庫らしき、木箱やら段ボール箱やらが無造作に置かれた場所。そこにいたのは紛れもなく、妻と幼い息子であった。

「み、美千代っ、ヒカルっ」

堪えきれずに名前を呼ぶ。だが、向こうには聞こえないのか、ふたりはまったく反応しなかった。

（本当に誘拐してやがったのか）

床に坐らされた妻と子の上半身には、ロープが何重にも巻かれていた。自分と同じく後ろ手に縛られている。

妻の髪はざんばらで、表情に疲れと脅えの色が濃い。汚れた頬が赤くなっているのは、殴られた跡ではないだろうか。

息子はといえば、泣き腫らした顔でまだしゃくりあげている。よっぽど恐ろしい目に遭わされたに違いない。

「くそったれが。女子供に、なんてひでえことをしやがるんだ！」

怒りをあらわにする徳寺は、自身がしでかした「ひでえこと」を都合よく忘れていた。

「お前が罪を認め、こちらの質問にすべて答えるのなら、奥さんと子供にこれ以上の手出しはしない。だが、もしも逆らったら――」

画面に黒ずくめの男が現れる。フードを被り、がたいのいいそいつはカメラに背中を向け、妻の前に立ちはだかった。

「キャッ」

鈍い打擲音とともに、悲鳴が放たれる。平手打ちを喰らわせたのだ。妻が床に倒れ、「イヤぁ、やめてぇ」と涙声で訴えた。

「や、やめろっ！」

徳寺は焦り、画面に向かって頭をぐっと突き出した。無意識に妻を救おうとしたのだ。

「お前ら、鬼か、悪魔か⁉　罪もないおれの家族に、いったい何の恨みがあるっていうんだよ」

唾(つば)を飛ばしてわめくと、冷淡な台詞(せりふ)が返される。

「その言葉、そっくり返してやろう。多くの罪のないひとびとを苦しめ、命まで奪ったお前にな」

「お、おれは殺しなんかやっちゃいない。どうせ先のない年寄りたちから、不要な金を取り上げただけじゃねえか」

この反論に、シルエットが無言になる。徳寺が不安を覚えるほどの間があったあと、

「それがお前のしてきた悪事の根幹となる主張なのか」

やけに小難しい言い回しをされて戸惑う。

「こ、コンカン……何だそりゃ」

「そんな身勝手な、自分に都合のいい考えで、爪に火を灯(とも)すようにして貯めた老後の資金を奪い、代わりに絶望を与えたというのか。奪われた者の気持ちを考えたことがあるのか」

「う――うるせえ。年寄りなんて、そこにいるだけで邪魔なんだよ。どうせ役に

立たないんだから、絶望でも何でもして、とっとくたばればいいんだ。そのほうが世のため、ひとのためなんだからな」

売り言葉に買い言葉というわけではなく、それは徳寺の本音であった。組織の幹部たちにも同じことを言って、発破をかけていたのである。

「だいたい年寄りに限らず、騙されて金を盗られるのは、頭の悪い役立たずだって証拠じゃねえか。おれはそういう馬鹿どもを教育してやってるんだ。ただ金を奪ってるんじゃねえ。あれは授業料だ」

高齢者を騙すだけでなく、手広く詐欺を働いてきたことを、自覚もなく白状する。頭が悪いと他者を揶揄する者ほど、自らの頭の悪さに気がつかない。

「……なるほど、わかった」

その声には、軽蔑の響きが感じられた。

「では、騙されて簡単に誘拐されたお前の妻と息子にも、教育が必要だな。それに、ふたりともいずれ年を取って、役立たずになる。くたばってもかまわないというわけだ」

「お、おい、待て」

「やれ」

命令され、画面の男が息子の前に屈み込む。何をしているのか見えないが、

「ぎゃあああああっ！」

赤ん坊の泣き声を何百倍にもした悲鳴が、スピーカーから放たれる。音が割れるほどに盛大なものが。

「やめろ、やめろっ！　この野郎！」

徳寺は涙を浮かべ、唾を飛ばして非難した。己の家族に対してのみ、ひとの心を見せる姿は、客観的に見ていびつであり、いっそ醜悪であったろう。

「だったら、すべて白状するのか？」

自白を促されると、唇を歪めて押し黙る。「ふざけるな」と、彼は呻くように言った。

圧倒的に不利な状況ながら、徳寺には勝算があった。これ以上酷いことにはならないと。

悪事を非難し、すべて白状させようとしているのだから、敵は同じ犯罪組織ではない。むしろ対立する存在であり、要は警察側についている。

本物の警察ならば、こんなふざけた真似はしない。正義漢を気取る警察かぶれか、いい気になった自警団か、あるいは再生数がほしいだけの、私人逮捕をする

動画配信者だろう。

そういう勧善懲悪を標榜する連中なら、妻子に決定的な害は与えまい。自分たちの信条に反するからだ。何も言わなければ諦めて、解放するはずである。その思いが表情に出て、頬が緩む。そうさ、こんなやつらにできることは、たかが知れている。

「余裕たっぷりの顔つきだな」

シルエットの口調が侮蔑的になる。機嫌を損ねたとわかったが、べつに何とも思わなかった。

こんなやつら、もはや少しも怖くない。

「こいつに我々の恐ろしさをわからせてやれ」

命令に、黒ずくめが動く。息子から離れ、妻の前に移動した。

(クソ、何をしやがった)

息子はまだ泣いている。歪んだ顔を紅潮させ、涙をぼろぼろとこぼしていた。つねったとか叩いたとか、そういうレベルではあるまい。

こいつらには、それ以上のお返しをしてやる。心に誓ったそのとき、

「いやっ、いやっ、やめて」

妻の怯えた声が聞こえた。さっき以上に追い詰められていたため、徳寺は不安に駆られた。

「おい、やめろ、馬鹿が」

罵っても、黒ずくめは妻の前から動かない。今度も何をしているのかわからなかった。

そのため、焦れったくてたまらない。

「イヤイヤ、あ、ああっ！　痛い痛いいたいーっ！」

悲痛な叫びに胸が張り裂けそうだ。徳寺はいつしか大粒の涙をこぼしていた。

「くそったれが。てめえら、全員ぶっ殺してやるからな！」

いくら威勢のいいことを言っても、拘束されて動けなくては焼け石に水、馬耳東風、暖簾に腕押しだ。

間もなく、黒ずくめが妻から離れ、カメラの前から消える。

ようやく画面に映った彼女は、床に倒れ込んでいた。叫び疲れたのか、ぐったりして動かない。

「ああ、ああ、あああ」

異変に気がつき、徳寺は言葉にならない声を発した。

妻の顔は血だらけだった。横たわった頭の下、床にも血溜まりが広がっている。光の加減なのか、やけにどす黒いものが。

「おい、何をしやがった⁉」

怒りに任せて訊ねても、答えはない。焦れったくて身悶えしていると、足音が近づいてきた。

闇の中からぬっと出現したのは、テレビに映っていた黒ずくめだ。逆光で、やはり顔は見えない。

そいつの右手には、鋭利な大型のナイフが握られていた。光る刃には血がこびりついている。

「貴様、美千代に何を――」

食って掛かろうとすると、床に何かが投げられる。びたっと、鈍くて生々しい音がした。

強い光が当たって、やけに白く映えるコンクリート。そこに落とされたのは人間の耳だった。

切り口が鮮血にまみれており、見覚えのあるイヤリングがついている。間違いなく妻のものだ。

「うわあああああああああっ！」

徳寺は雄叫びを上げ、これまでになく暴れた。しかし、がっちりと喰い込んだロープは少しも弛まない。

「殺してやる……てめえら、絶対に殺してやるからなっ！」

威勢よく罵ることができたのはそこまでだった。

「お前の奥さんと子供が殺されてもいいのか？」

シルエットが言い放つ。徳寺はハッとして身を強ばらせた。

「次は息子の耳を削ぎ落とす。その次は奥さんのもう片方の耳。それから息子の残った耳だ」

「や、やめろ……」

「それでも喋らなければ、今度は指だ。手で足りなければ、足の指も切り落とす。ふたり合わせて四十本だから、だいぶ時間がかかりそうだが」

「ま、待て、頼むから」

「指が終わったら、次は腕と脚だ。それとも、奥さんの乳房を切ってやろうか。もっとも、その頃には、出血多量で心臓が停まっているだろう」

「わかった……わかったから！」

徳寺は観念した。何よりも大切なものを守るために、他のすべてを擲つ覚悟を決める。

このとき彼は、特殊詐欺を始めとする悪事を働いてきた組織のトップではなくなっていた。ひとりの夫であり、ひとりの父親であった。

2

徳寺の妻子を利用して脅迫するという提案に、忠雄は当然ながら難色を示した。悪党本人への制裁には躊躇しないけれど、たとえその身内でも一般人を巻き込みたくなかったのだ。

まして女性と子供を。

「これ見て」

そう言って、美鈴がデスクのパソコンを操作する。有名なＳＮＳサイトを画面に表示させた。

「徳寺は悪党のわりに、こういうのをマメに更新してるのよ。まあ、本人は顔を出さないし、名前も偽ってるけどね。ほら、こんなふうに、奥さんと息子の写真と動画ばかり載せてるの」

次々と表示されるのは、若々しくて美しい母親と、幼稚園児であろう男の子だ。

旅行先らしき風光明媚な場所でのツーショットと、それぞれ単独の写真。楽しげにはしゃぐ動画もあった。どこかセレブっぽい雰囲気もあり、とても犯罪者の家族には見えない。

「どうしてこれが、徳寺の奥さんと子供の写真だと？」

「この界隈じゃ有名だもの。要は可愛い奥さんと子供を自慢したいのね。あちこちで吹聴して、夜の店でこのページを見せまくってるわ」

稀代の悪党も、ひと皮剝けばよきパパだというのか。というより、美鈴の言うとおり、単に自慢したいだけかもしれない。おれにはこんな綺麗な嫁と、可愛い息子がいるんだぞと。

徳寺の妻は、なるほど美人である。子持ちの人妻にもかかわらず、純情そうな趣すらあった。ブランド物らしき装いや、きらびやかなアクセサリーも似合っている。

だが、それらの購入資金は、世の高齢者たちから奪い、あるいは犯罪で稼いだ汚い金なのだ。そう考えると、どれだけ見栄えのいい写真にも、吐き気しか覚えなかった。

（たとえ夫の悪行を知らないとしても、その金で優雅に暮らしている以上、妻も共犯だ）

だからと言って、何をしてもいいというものではない。

「つまり、このふたりを誘拐して、徳寺にすべて白状させるのか……」

忠雄は苦虫を噛み潰した顔をしていたはずである。そこまでしたら、徳寺たちと変わらぬ悪党に成り果ててしまうからだ。

「そうね。ま、あくまでも表向きの話だけど」

「え、表向き？」

「さすがに本物の奥さんと子供をどうにかしようとは、わたしも思わないわよ。いちおう血も涙もある人間だから」

笑顔で言われて安堵したものの、では、いったいどうするつもりなのか。

「それじゃ、身代わりというか、偽者の奥さんと子供を使って？」

「そっくりさんだとバレちゃうから、最新技術を使うの」

「最新技術？」

「生成ＡＩ。山代さんも知ってるでしょ」

ネットの情報を用いて、コンピュータが画像や映像を作成するものだという知識ぐらいはある。出来上がった画像をどこかのサイトで目にして、なかなか精巧なものができるんだなと感心した。

「それで徳寺の奥さんと子供をこしらえるのかい？」

「そういうこと。完全な作り物だから、何をしたって胸は痛まないでしょ」

確かにその通りだが、そんなにうまくいくのであろうか。

「知り合いにコンピュータおたくっていうか、詳しい子がいてね。まあ、知り合いって言っても、訳ありの人間なんだけど」

美鈴の周囲にいるのは、そういう人物がほとんどだ。べつに驚きはない。

「その子に聞いたんだけど、闇雲にネットの情報を集めるんじゃなくて、対象者のデータがきっちりと揃っていれば、かなり精巧なものができるっていうの。実際、こしらえたのを見せてもらったんだけど、出来上がったＡＩの人間を操作して、思いどおりに動かすなんてこともしてたわ」

「だけど、徳寺の妻子のデータは？」

「ここにあるじゃない」

ＳＮＳにアップされた数々の写真や動画を、美鈴がスクロールさせる。

「これだけデータがあれば、かなり精巧なものができるわよ。動画もあるし、声もしっかり録れてるから」

疑似妻子の作成が可能なのはわかったが、不安はまだある。

「だけど、それをこしらえてくれるやつから情報が洩れたり、通報される心配はないのかい？　そのときは協力してくれても、どうしてこんなことをさせるのかって怪しんで、あとであれこれ調べないとも限らないし」

それこそコンピュータに詳しいのなら、ネットの情報を集めるぐらい造作もないであろう。問題のSNSに徳寺の名前も写真も出ていないが、どんなやつか突きとめるかもしれない。

そして、表沙汰にできない活動に関与させられたと知るのである。

「心配性ね。まあ、それだけ慎重な山代さんだから、むしろ信用してお付き合いができるんだけど」

美鈴がほほ笑み、説明してくれる。

「その子はコンピュータに関する知識は抜群だけど、世間的なことには疎いの。そもそも日本人じゃないし、この女性や子供が何者かなんてことにも興味を持たないわ。そうね。実はこのふたりは亡くなっていて、女性の夫から、亡き妻と子供を偲ぶために頼まれたってことにすれば、ひと助けだと思って急いでやってくれるはずよ」

「なるほど」

「実はその子って、わたしが命を救ってあげた子なの。今でも定期的に診てあげているから、わたしの頼みは何でも聞いてくれるのよ」

そういう関係なら、安心して任せられそうだ。

「まあ、さすがに拷問場面を作ってくれなんて頼んだら怪しまれるから、そこは別々のシチュエーションをこしらえてもらって、あとで合成すれば済むわ。そのぐらいの操作なら、わたしにもできるから安心して」

彼女が医学だけでなく、あらゆることに才能豊かなのはわかっている。ただ、引っかかることがあるとすれば、

(妻子を拷問する場面を見せて、徳寺を落とすことに変わりはないんだよな)

それについてはためらいを禁じ得ない。いくらＡＩの作り物でも、女性と子供が酷い目に遭う場面など目にしたくなかった。

「ひとつだけ、お願いしてもいいかな」

「どんなこと？」

「直接的な場面を見せるのは、できるだけ避けてほしいんだ。その、あまり残酷なやつは」

言葉足らずでも察してくれたらしく、美人女医が「なるほど」とうなずく。

「悪人相手にも優しいのね、山代さんは」

「そういうわけじゃなくて、さすがに女性や子供のそういう場面はちょっと。おれにも家族がいるから」

「ふうん」

美鈴が腕組みをし、天井を見あげる。またもたわわなバストが強調され、今度は忠雄も目のやり場に困り、あさっての方向に視線を向けた。

「たしかに、露骨な暴力シーンを見せたら逆効果かもね。徳寺も頑なになって、ますます口が堅くなるかもしれないし」

彼女はひとりうなずくと、艶やかな微笑を浮かべた。

「じゃあ、何をやっているのかよくわからないけれど、奥さんや子供が酷い目に遭っているって思わせるようにするわ。そのほうがよりリアルに感じられて、徳寺も落ちやすくなるだろうし」

「うん。それがいいと思う」

「それに、見せ場が少ないほうが、ＡＩのバグもバレにくいから。ただ、実物は拝ませてあげないとね」

「え、実物？」

きょとんとする年上の男に、美鈴が得意げに顎をしゃくる。

「奥さんが近くにいて、とんでもないことをされているっていう証拠の品よ」

どういう意味なのかわからず、忠雄は何度もまばたきをした。

徳寺はこれまでの悪事をすべて打ち明けた。

画面に映っていた妻子が生成ＡＩであることも、また、切り落とされた耳が美鈴の手がけた精巧な作り物であることにも気づかなかった。妻のお気に入りであるイヤリングと同じものが付いていたから、偽物だとは露ほども思わなかったようだ。

そこまで準備できたのも、彼が妻子の写真や動画をＳＮＳに上げまくってくれたおかげである。それを利用されたと知ったら、どんな顔をするだろうか。

ちなみに、本物の妻と息子は、今ごろ自宅マンションで軟禁状態だ。

徳寺をおびき寄せて眠らせたあと、修一郎がマンション前でふたりを襲ったのだ。ガードしていた若い男が慌てて駆け寄ってくるのを確認してから逃走し、対立組織が襲撃に失敗したように見せかけたのである。

怯えた母子は急いでマンションに入る。ガードの男が徳寺に連絡したとき、すでに彼は囚われており、スマホも忠雄たちの手にあった。

徳寺の声は、催眠状態で喋らせてデータを集め、AIで合成してあった。それを使って、マンションから一歩も出ないよう命じたのである。

あとは本人からすべて聞き出せばいい。

徳寺の組織がやったことについては、美鈴がその筋から集めてくれた情報や、警察のデータもフル活用して、事前にある程度のところまで押さえていた。それを元に質問したから、彼も逃れられないという気になったようだ。

ただ、部下に任せっきりのところもあって、すべての悪事を掌握していたわけではない。それでも、重要な部分については組織のトップらしく、自ら指示を出していた。

組織が特殊詐欺で集めた金は、数十億にもなったという。それを資金源に、薬物売買やら高利貸しやら土地転がしやらで何倍にも増やした。

その後、海外の口座も利用して洗浄した金は、総額にするとさらにケタが上がったとのこと。

そのすべてが徳寺や、組織の幹部に渡ったわけではない。半分以上は、さらに上にいる者の懐へ入ったという。すなわち、絶対的な権力を持つ者に。

「誰なんだ、そいつは？」

シルエット──忠雄の質問に、徳寺は苦渋の表情を浮かべた。

「詳しくは知らない。そのひとがいるから、仮にドジを踏んでも捕まることはないし、必ず守ってもらえると言われてたんだ」

「だったら、誰がそんなことを言ったんだ？」

徳寺が口をつぐむ。バックにいる大物と、そいつと彼を繋げる人物については、なかなか話そうとしなかった。

だが、息子の耳──もちろん偽物──を使うまでもなかった。何者かは、すでに摑んでいたからである。

「鶴見だな。鶴見芳信。○○署生活安全課課長の」

フルネームまで告げると、徳寺が目を大きく見開く。どうして知っているのかという疑問をあらわにした顔だ。もはや返事は必要なかった。

「鶴見がお前たちと、背後にいる大物との橋渡し役なんだろう」

「ああ」

徳寺がぶっきらぼうに認める。

「いや、橋渡しじゃないな。お前たちは鶴見に利用されていただけなんだ。本当の親玉が誰なのかなんて、まったく知らないんだからな」

そこまで侮辱されたら、徳寺も黙っていられなかったであろう。

「利用されてたんじゃない。こっちが鶴見を利用してたんだ。警察と繋がりがあったほうが、何かと都合がいいからな」

だが、そう思い込んでいただけで、鶴見のほうが上手だったのだ。

「だいたい、鶴見の裏にいるやつだって、知らないわけじゃない。ヘタに探りを入れたらこっちが危ないから、当たり障りのない対応をしていたんだ」

これは忠雄にも予想外であった。

「つまり、ある程度は摑んでいたんだな」

「ああ」

「誰なんだ、裏にいるやつは？」

しばらく間を置いて、徳寺が絞り出すように告げる。

「おそらく政治家だ。あんな料亭を使うのは政治家か社長だけだし、社長なら自分たちで金を稼ぐからな」

彼らは鶴見を尾行して、誰と会うのか調べたらしい。相手の正体までは掴めずとも、会合の場所から推察したようだ。

（……裏にいるのは政治家か）

可能性として考えなかったわけではない。けれど、できればそうであってほしくなかった。

政治家は高潔な存在であるべきだ、なんてのは単なる理想である。現実は理想から大きく乖離（かいり）していることぐらい、忠雄もわかっていた。

正直、警察以上に厄介で面倒な相手だから、関わりたくなかったのだ。

「まあ、黒幕の件はどうでもいい。とにかく、お前たちと鶴見の関係は、単なる利害関係じゃない。特殊詐欺の手口や若いやつの集め方も、鶴見に入れ知恵されたのはわかっている」

推測でしかなかった部分を断定的に述べると、徳寺はあっさり「そうだよ」と認めた。やはり美鈴の言ったとおりだ。

ところが、

「そうなると、鶴見が実質的なボスみたいなものだな」

これには、ムキになって反論する。

「そんなことはねえ。あいつはあくまでもアドバイザーみたいなものだし、お偉いさんとおれたちのあいだを行ったり来たりしているだけのコウモリ野郎だ」

世話になっているわりに、鶴見に対してあまりいい感情を持っていないようだ。あれこれ指示されるのが面白くなかったのか。

まあ、半グレ時代から今に至るまで、徳寺たちはれっきとした犯罪集団なのである。警察を完全には信用できず、反りが合わないのも当然と言えよう。

「だが、鶴見からかなりの情報を得ていたんだろ？　捜査状況とか、狙いやすい家とか。そのおかげで捕まらずにいたわけだし、何なら証拠も消してもらっていたんじゃないのか」

この指摘には、面白くなさそうにそっぽを向く。否定しないから事実なのだ。

「で、鶴見から邪魔者の情報ももらって、そいつを消したんだな」

「はあ？　なに言って——」

「殺したって意味だよ」

徳寺がうろたえる。意外な反応に、忠雄は（おや？）と首をかしげた。

「おれたちは殺しなんかしねえ。そりゃ、対立する連中を叩きのめすことはあるが、せいぜい病院送りにする程度だ。無茶をしすぎると庇えなくなるからって、鶴見にも言われてたからよ」

　顔つきや口振りからして、嘘ではなさそうだ。

「だが、現実にお前たちの被害者が亡くなっているじゃないか。警察を訪れて、話をしたあとで」

「何をしたあとかは知らねえが、結局自殺だろ。そんなことまでおれたちのせいにされちゃたまんねえや。ジジイやババアが何人首をくくろうが、線路に飛び込もうが、それはそいつらが自分で決めたことなんだからな」

　幸則が実行犯で金を騙し取った高齢女性は、鶴見からの情報なり命令なりを受け、徳寺の組織が手を下したのだと忠雄たちは考えていた。しかし、そうではなかったのだ。

　しかも、徳寺の口振りでは、自殺した被害者は複数存在するようである。

（では、そのひとたちも鶴見が――）

　浮かんだ推測をいったん保留する。そもそも、すべての発端となったあの高齢女性ですら、殺されたという証拠はないのだ。

「自殺したのは、お前たちが金を奪ったせいだろう。それでも責任を感じないの問いかけに、徳寺がまたもそっぽを向く。さっきも主張したとおり、高齢者がどうなろうと関係ないと考えているのだ。

彼自身が年を取り、同じく高齢になったときに、今の自分の考えを受け入れられるのであろうか。

(こいつは四十近いはずだぞ。いい年をして、先のことも考えられないんだな)

刹那的な生き方をしていれば、そうなるのも無理はない。

あるいは、老いるまで生きようなんて考えていないのか。太く短く人生を愉しめればいいと。

けれど、そんなやつに限って生に執着し、ジタバタしながら生きながらえるのである。

「もういいだろ。おれは全部喋ったよ。ゲップも出ねえや」

品のない言い回しと、反省のかけらもない態度。白状したから赦されるわけがなく、やはり償いと制裁が必要だ。

「このまま何事もなく帰れるとは思ってないんだろ?」

忠雄が訊ねると、徳寺の肩がビクッと震える。

「おい、美千代とヒカルには――」

「わかっている。奥さんと子供には、これ以上のことはしない。病院にも連れて行く」

「だったら急げよ、馬鹿」

尊大な態度を取り戻したのは、もはや失うものはないと、自棄っぱちになっていたためか。

「そんなに奥さんと子供が心配か？」

「当たり前だろ」

「生きているあいだに、また会いたいよな」

徳寺がギョッとしてこちらを見あげる。思わせぶりな台詞に、今さら身の危険を感じたと見える。

「お、おい、おれは全部喋ったんだぞ。とっとと解放しろよ」

「そうはいかない。償いがまだだからな」

「償い――」

「大勢の人間から金を奪い、さらに多くの悪事も働いたんだ。簡単に赦されるはずがないだろう」

「だったら、とっとと警察に突き出せよ」

そのほうが、徳寺には都合がよかったであろう。

鶴見がいいようにしてくれるという期待もあったろうが、そもそも犯罪の証拠がないのだ。すべてうまく隠してきたからこそ、これまで捕まらずに済んだのである。

今の証言も映像に記録してあるが、犯罪の証明にはならない。脅されての自白であり、ゼロ地裁の存在を他に知られるのも御法度である。よって、どこの誰が聞き出したのかわからぬ証言など、法廷で使えるわけがなかった。

徳寺にも、今の証言が役に立たないことぐらい自明のはず。だからこそ、自ら警察に突き出せと言ったのだ。

(表の裁判じゃ、何の罪にも問えないな)

東京地裁民事部の判事としては、できることなら正式な民事訴訟で、賠償金を搾り取りたい。

しかしながら、被害者が誰なのかを明らかにし、原告を揃えるだけでも時間がかなりかかるだろう。また、仮に判決を言い渡せても、徳寺たちが素直に払うとは思えない。

だいたい、金のほとんどは無駄に使われ、どこぞの政治家に渡っているのだ。回収は不可能である。

よって、警察や司法に頼ることなく制裁を与え、可能な限りの償いをさせるしかない。

「警察には行かせない」

忠雄の言葉に、徳寺が《そうだろう》というふうに鼻を鳴らす。彼もわかっているのだ。

「代わりに、お前にはたっぷりと働いてもらう」

「おう。どんな仕事でもしてやるぜ」

小馬鹿にしたふうな返答は、どうせ大したことではあるまいと、たかをくくっているかに見えた。

「その代わり、仕事が終わったら、ちゃんと家に帰せよ」

「わかった。約束しよう。但し、これまでお前たちが奪ったぶんの金を回収できたらな」

「何だと⁉」

徳寺が気色ばむ。そんな大金が簡単に稼げるわけがない。

「働くのはお前だけじゃない。お前の部下たちにも汗を流してもらう。真っ当に働いて金を稼ぐことが、どれだけ大変かを思い知ってもらうためにも」

「待て。何をさせるつもりだ」

「言っただろう。真っ当な仕事だ。たとえ何年、何十年かかっても、きっちりとやり遂げてもらう。それが終わるまでは家族に会えないし、家にも帰れない。いや、この国にも戻れない」

「国──ど、どういう意味だ？」

「目を覚ましたときにわかるさ」

黒ずくめの男──修一郎が背後に忍び寄っていることに、徳寺は気がつかなかった。首筋に注射を打たれ、「うっ」と小さく呻いたきり気を失う。

「これをもって閉廷する」

忠雄は厳かに告げた。

3

頰をぺちぺちと叩かれて、徳寺は目を覚ました。

「んあ？」

口の筋肉が動かず、声がうまく出せない。瞼もなかなか開かなかった。クスリか麻酔の影響なのだろうか。

まず感じたのは匂いだった。傷んだ魚の生臭さと、汗と尿と腋臭がミックスされたような、胸の悪くなる臭気。一瞬で嘔吐を催した。

続いては音だ。やけに騒がしい声高なやりとりは、まったくもって意味不明であった。

かなりの人数が喋っているためもあったろう。その上、言葉が何ひとつ理解できなかったのである。明らかに日本語ではなかった。

さらに、不気味な軋みと、水が叩きつけられるような音。からだが大きく揺れていることにも気がつき、徳寺は愕然とした。

（何なんだ、いったい）

力が入らないからだをどうにか起こし、震える指で自分の瞼を持ちあげる。

視界に映ったのは、いかにも屈強そうな大柄の男たちだ。タトゥーだらけの欧米系にアジア系にアラブ系、アフリカ系と、国籍も様々のよう。汗でヌラつく肌を目にして、この場所がかなり暑いことにも気づかされた。

閉ざされた空間を照らすのは、天井に吊るされた、たったひとつの電球だ。ざっと見回したところ、三十人以上がひしめき合っている。

（まさかここは――）

天井がやけに低いから、船倉ではあるまいか。

ドンッ、ドンッ、バシャッ――。

水が打ち鳴らす音の正体は、船体にぶつかる波だろう。その度に床や壁を地響きのようなものが伝い、今いる場所が大きく揺れる。

「おおお、おい、どうなってるんだ！」

たまらず発した叫びを、近くにいた数人が聞いたようだ。しかし、こちらを一瞥しただけで、何の興味も示さない。自分たちの会話に戻り、凶悪な面構えに笑みを浮かべた。

（……おれ、売られたのか？）

全身に怖気が走る。あの法廷での宣告を思い出したのである。

『お前にはたっぷりと働いてもらう――』

自分はこの連中と仕事をさせられるために、どこかへ向かっているのだ。

拘束などされていなくても、ここが本当に船の中だとすれば、逃げるのは不可能だ。どことも知れぬ海の上なのだから。

また、助けを求めたところで、目の前にいるやつらが逃がしてくれるとも思えない。むしろ、逃げようとしたら袋叩きに遭いそうだ。

腕力に自信があった徳寺だが、ここにいる連中は自分以上に体格がいい。ボディビルダー並みに筋肉隆々で、タトゥーもただの飾りとは思えない。外国人ということもあってか、軍人あがりとか元ギャングとか、暴力も殺しも辞さない男たちに見えた。

おかげで、ますます萎縮する。心細くてたまらない。

徳寺は膝を抱えて坐り、いつしかガタガタと震えていた。現状もそうだし、この先どうなるのかと考えると、恐ろしくて小便を漏らしそうだ。

(くそ、真っ当な仕事じゃなかったのかよ)

裁判官席にいたシルエット男の言葉を思い出す。こんなやつらと一緒にさせられるなんて、いったいどんな仕事だというのか。

この船が漁船だとすれば、漁をさせられるのか。ただの運搬船だとすれば、行き先は間違いなく肉体労働の現場であろう。工場ぐらいならいいが、炭鉱や鉱山など、暗い穴の中というのもあり得そうだ。

『たとえ何年、何十年かかっても、きっちりとやり遂げてもらう――』

厳しい現場で、そんなに長くこき使われたら、いったいどうなってしまうのか。生きて帰れるとは思えない。

そのとき、天井の一部が開く。髭面で傷だらけの男が、こちらを覗き込んだ。

「×××××！　×××！」

男が喚く。何語なのかまったく理解できない。それを受けて、船倉の男たちも口々に声を発した。

徳寺はとてつもない不安に駆られ、耳を塞いだ。これから何かの作業が始まるのか、それとも現場が近いのか、さっぱりわからない。

ひとつだけ確かなのは、心安らかな日々は当分――いや、もしかしたら死ぬまで訪れないということである。

その日、ゼロ地裁の会議室に、忠雄、修一郎、藤太の姿があった。

「とりあえず、組織の連中は片付きましたね」

修一郎が言い、忠雄が「うむ」とうなずく。

「彼らがどうしているのかわからないし、確かめようもないがね」

徳寺と、組織の幹部たちの姿を最後に見たのは、三浦半島の小さな漁港である。時刻は深夜。

幹部連中は徳寺の命令で、その漁港に呼び寄せられた。いつもの連絡用SNSメールに動画が添付されており、海外から麻薬と武器が届く、これでひと儲けできるぞと上機嫌で話す彼が、生成ＡＩだとは誰も気づかなかったのだ。

車に分乗してきた幹部たちが漁港で待っていると、それら金になる品々を運んでくるはずの船から、軍服を着てライフルを持った外国人が十人も下りてきた。銃口を向けられ、いきなりホールドアップを命じられたものだから、彼らはかなり動揺していたようだ。

人数では優っていても、徳寺の組織はひとりが改造銃を所持していたのみ。あとはせいぜいナイフぐらいで、抵抗などできるはずがない。

かくして、全員が丸腰にさせられ、沖から来た船に乗せられたのである。麻酔を打たれて眠っていた徳寺とともに。

沖に連れて行かれた彼らは、停泊している本部船で健康状態を調べられ、行き先を決められると聞いた。漁船に乗せられる者、鉱山で働く者、食糧難の国で農地の開拓をする者など様々だという。

話を聞く限りではかなり危ない匂いがする、その国際的な人材会社を手配してくれたのは、もちろん美鈴である。単なる人身売買組織ではないのかと、忠雄が危ぶんだところ、

『あくまでも契約にのっとって仕事をさせるところだし、お給料は間違いなく払ってくれるはずよ。まあ、労働環境はかなり厳しいけど、そのぶん日当が高いから問題ないわ』

と、自分が雇われるわけではないから、気楽なものであった。まあ、悪党どもに償いをさせるには、相応に苦労してもらう必要がある。

サボったら袋叩きというような荒っぽい現場がほとんどの上に、言葉もまったく通じない。実際はそうではなくても、人買いに売られたにも等しい扱いを受けるわけである。

連中は否応なく、真剣に働くであろう。恐怖に震えながら。

ひとりあたりのノルマは億単位。稼げたら自由になれるが、何年何十年かかるかは、本人たちの努力次第だ。

彼らには食事が与えられるだけで、稼いだ金はすべて日本に送られる。その口座はゼロ地裁で管理して、判明した被害者に少しずつでも渡す予定である。特殊

詐欺グループが壊滅し、見つかった資産を分配するという名目で。

　徳寺の組織については、所轄署の捜査二課に匿名で通報済みだ。残念ながら幹部はひとりもおらず、アジトは空っぽ。残っているのは犯行を示唆するいくらかの証拠と、行き場を失った下っ端たちの連絡先のみである。

　下の連中からの証言が取れれば、特殊詐欺については多少なりとも裏が取れるであろう。麻薬もかなりの量があったから、同じ品物の出回り先を調べ、販売ルートや売人も特定されるはずである。

　しかし、それ以外の犯罪や資金洗浄のルート、組織に警察の人間が関与していたことまでは判明しまい。

　なお、アジトについては、通報前に修一郎が徹底的に調べた。

「やはり鶴見と繋がっていた証拠はありませんでした。徳寺のスマホに、無記名で登録された番号がありましたから、たぶんそれだと思うのですが」

「じゃあ、徳寺のスマホにその番号から連絡があって、相手が鶴見なら間違いないってことだね」

　藤太が言うと、修一郎が困った顔を見せた。

「それはそうなんですが、組織が挙げられて、幹部たちが全員行方知れずになっている今、鶴見のほうから連絡してくることはまずないでしょう。徳寺のスマホが警察に押収されたかもしれないと考えて、この番号の携帯を捨てた可能性もあります」

「確かに」

「いちおう、いつでも応答できるようにはしていますが」

ふたりのやりとりを聞いていた忠雄が口を開く。

「まだ捜査が始まったばかりで、鶴見もどうなるかと進展を注視しているだろう。全貌が明らかになって、徳寺や幹部の逮捕状が出たら、次の動きを見せるんじゃないかな」

「次の動きと申しますと？」

藤太が首をかしげる。

「後釜(あとがま)探しさ。やつは金が必要なんだ。稼いでくれる次の組織を見つけなければなるまい」

「そう簡単に見つかるでしょうか？」

疑問を口にしたのは修一郎だ。

「特殊詐欺の捜査に当たっていれば、どこにどんな組織があるのか、ある程度は情報を摑めるんじゃないかな。本来なら、その情報で組織を一網打尽にするところだが、やつにとってはいい金づるだ。潰すなんて馬鹿なことはしないさ」

「まったく、とんでもないですな、鶴見というやつは」

藤太が憤慨する。

「それから、やつに金を調達させている政治家も」

忠雄の言葉に、他のふたりがうなずいた。

「鶴見に関しては、とりあえず行動を見張るしかない。これは谷地君にお願いする。忙しいところを悪いが」

「いえ、大丈夫です」

「立花さんは、刑務所の受刑者から情報を集めてもらえないかな。特殊詐欺について、どんな些細なことでもかまわないから」

「わかりました」

「私は、警察庁の自殺者のデータを当たってみるよ。特殊詐欺の被害者で、他にも命を絶った者がいるはずだから」

「ああ、徳寺がそんなことを言ってましたね」

修一郎がうなずく。自分たちが金を奪った老人たちの中に、自殺者が複数いるのを匂わせたのだ。

「その中に、鶴見が関わった者がいると思うんだ」

「つまり、鶴見が手をかけたと？」

藤太の問いかけに、忠雄はかぶりを振った。

「それは断定できない。だが、鶴見は加地君を拘置所で殺した。警察施設での殺人なんて危険なことをやってのけるぐらいだ。何度もうまくいって、成功体験があるからこそ、リスクを冒したと考えるのが自然だろう」

幸則の耳から発見された鼻毛のＤＮＡは、鶴見のものと合致した。彼のあとをつけた修一郎が拾った、鼻をかんだティッシュと照合したのである。

「それにしても、殺人警官を罪に問えないとは、世も末ですな」

藤太が嘆く。幸則は自殺として処理されたから、彼を殺した件で鶴見が逮捕されることはない。そもそもモグリ医師の発見した証拠ゆえ、使用不可能なのだ。

「あいつを油断させ、本丸を突きとめるためにはやむを得なかったんだ。もちろん残念だし、悔しいのは私も同感だよ」

「まあ、みすず先生が司法解剖をしたから、加地君が殺されたとわかったわけですし、しょうがないですよ」

　修一郎の慰めを、「みすずじゃなくてみれいだよ」と訂正してから、

「鶴見には、加地君のぶんも上乗せした制裁を下してやるさ」

　忠雄は自分に言い聞かせるように告げた。

「政治家のほうはどうしますか？　そっちも放っておけませんよ」

「うん。今回は巨悪を叩かないことには、どうも寝覚めが悪い。鶴見なんざ、所詮はそいつに飼われているだけの人間だからね」

　修一郎たちの言うことはもっともで、忠雄ももちろん気にしていた。

「うまく突きとめられればいいが、最悪、鶴見を吐かせるしかないとも思ってるんだ。どんな手を使ってでもね」

「いよいよ本人を拷問ですか」

　藤太が期待に満ちた面差しを浮かべる。悪党には容赦がないのだ。

「あくまでも最終手段だよ」

　執り成してから、ふと思い出す。

「そう言えば、徳寺の妻子はどうしてるのかな」

　生成ＡＩとは言え、耳を切り落とすなんて残酷なことをしたのだ。そのせいで、多少なりとも罪悪感があった。

「警察が徳寺の件で妻の事情聴取をしましたが、夫が何をしていたのか知らなかったと主張したそうです」

修一郎が報告する。だが、それは嘘だと思っているようだ。

「あれだけいい暮らしをしていながら、夫の収入源を知らないなんてあり得ないですよ。IT長者ならいざ知らず、徳寺は知性のかけらもない男なんですから。悪事以外に稼ぐ方法なんてないでしょう」

辛辣な決めつけは、執行官として様々なところから金品を取り立てた経験則に基づいているのか。

「それで、今は？」

「マンションは賃貸だったので、子供を連れて実家に帰ったようです。ブランド物や宝石を売れば、しばらくは遊ぶ金に困らないでしょうが、長くは続きませんよ。だいたい、金に苦労していないやつほど、金の使い方を知らないんだ。貯金がなくなり、シングルマザーがどれだけ大変なのかを味わって、地道に稼がなくちゃ生きていけないと思い知ればいいんです」

金があるのに賠償金を払わない銭ゲバと、そいつらに苦汁をなめさせられた被害者を多く見てきたのだ。修一郎の怒りには実感がこもっていた。

（そんな女なら、生成ＡＩの耳を切るぐらい、どうってことはないか）

彼のおかげで罪悪感が薄らぐ。ただ、可哀想なのは子供だ。

母親が心を入れ替えて、ちゃんと育ててくれるのを祈るばかりである。くれぐれも、父親のようにはなってほしくない。

悪い手本が目の前から消えたのだ。どうか真っ直ぐ成長してくれるよう、忠雄は心から願った。

4

特殊詐欺の被害を苦にしてと思われる自殺は、予想していた以上に多かった。近年にのみ絞ったところ、鶴見の管轄内では三件。だが、他と比較して多いか少ないか判断できる数ではない。

（このひとたちが鶴見に被害を訴えて、その直後に自殺したとわかれば……）

東京地裁の執務室、手に入れたデータを睨みつける忠雄の眉間には、深いシワが刻まれていた。

被害者が鶴見に面会したのを裏づけるには、所轄署の来署記録をすべて調べるしかない。判事の権限でできないわけではないけれど、こちらはあくまでも部外者だ。

それに、万が一鶴見の耳に入ったら、警戒される恐れもある。後ろ暗い人間ほど、そういうことに敏感なのだから。

幸則が自首するきっかけとなった女性——野々宮夏子（なつこ）の死については、徹底的に調べた。死因がはっきりしていたため司法解剖はされておらず、遺体から自殺か他殺かを判断するのは、もはや不可能である。

また、死亡現場の付近には防犯カメラがなく、目撃証言もなかった。踏切を通過する電車の側面に接触したため、運転士もその瞬間は見ていないという。

（だが、殺（や）ったのは間違いなく鶴見なんだ）

あの女性は、実行犯に関して思い出したことがあって伝えに行ったのか。はたまた、捜査の進みが遅いとクレームをつけたのか。

後者なら放っておいてもかまわないだろう。しかし、前者は組織が挙げられる手掛かりになりかねない。そのときは幸則の存在を知らなかったから、面倒なことにならぬよう、鶴見が始末したのではあるまいか。

いや、後者であっても、苛々（いらいら）させられた腹いせに殺した可能性がある。被害者に暴言を吐いて訴えられるほど、気の短いやつなのだ。それこそ徳寺たちと同じで、老人の死に憐憫など抱かないのではないか。

せめて、当日の鶴見の足取りがわかればと思う。そうすれば、よりはっきりするのだが。

かと言って、同僚に訊いて回るわけにはいかない。修一郎の友人は部署が異なるし、そこまでは把握していまい。外回りに出た記録が署内に残っていたとしても、どこに行ったのかを知るのは本人のみだ。

（やっぱり、加地君を殺した件で告発すべきだったのか）

しかし、あれは美鈴が司法解剖をしたからこそ、明らかになったのである。

他の法医学者であれば、仮に疑問を抱いたとしても、拘置所内で殺されたなんて結論は出すまい。自殺以上に大問題であり、犯人が誰であれ、何人もの幹部が責任を取らされることになる。

そんなことにならないよう、警察べったりの法医学者が穏便に済ませるのは目に見えている。どこの世界にも忖度は付き物なのだ。

加地幸則の司法解剖結果は、美鈴ではなく、解剖を行なった法医学教室の主任教授の名前で出された。よって、他殺という事実を報告するのも可能ではあった。

けれど、司法の場に引きずり出された主任教授が、責任を負いたくないと美鈴の名前を出す恐れもある。無資格医に場を提供したことを責められるほうがまだマシだと。

そういうことをやりかねない人間だと、忠雄は美鈴に聞かされていた。そのため、やはり無理だと事実を明らかにしなかったのだ。鶴見を泳がせる必要もあったから。

美鈴の存在は、世間に広く知られてはならない。徹底して守らねばならぬのだ。ゼロ地裁が存続するためにも。

とにかく証拠が出ない以上、もはや最終手段を採るより他なさそうだ。

（拷問か……）

藤太は諸手（もろて）を挙げて賛成するだろうが、忠雄自身は乗り気ではなかった。

悪党を懲らしめるのに、何のためらいもない。しかし、それは確証を摑んだ上でのことである。

徳寺の証言から、鶴見が組織に関わっていたのは間違いない。むしろ牛耳っていたと言えるだろう。

だが、それだけではただの悪徳警官だ。絶対に許されるものではないが、本当に知りたいのは被害者たちを殺したのが事実かということと、繋がりのある政治家の正体である。

　ああいうタイプの人間は拷問に弱いと藤太は言った。けれど、最後のところは命を賭してでも守ろうとする可能性がある。

　徳寺が証言した動画を使えば、自身の罪は認めるかもしれない。一方、政治家の名前は決して出さないのではないか。そんな気がしてならなかった。

　いよいよ手詰まりになってきた感がして、焦りが募る。この間にも鶴見は次の組織を手なずけ、詐欺の被害者を増やす恐れがあるというのに。

（……もう一度、金の流れを追ってみるか）

　しかし、修一郎が執行官のツテを使って調べたところ、鶴見には隠し資産も、手に入れた金を洗浄した痕跡もなかった。口座の入金は、給与や手当のみだったのである。

　もちろん、隠し口座を持っている可能性はある。そうなると、見つけるのは著しく困難だ。

（待てよ。税務調査ならどうだ？）

　鶴見が特殊詐欺グループと繋がりがあり、金を受け取って政治家に回していたと証言した部分を編集して、税務署に匿名で通報するのである。警察だと身内を庇い、捏造に決まっていると相手にしなくても、税務署なら興味を示すかもしれない。

ここはカポネを挙げたアンタッチャブルの手法を採るしかないか。そう思いかけたとき、執務室のドアがノックされた。

「失礼します」

入ってきたのは書記官の沙貴だ。忠雄は机上の資料を、それとなく脇によけた。

「例の危険運転の損害賠償訴訟ですが、被告の答弁書をお持ちしました」

「ああ、ありがとう」

書類を受け取る忠雄の顔が、自然と険しくなる。最初に出されたのが、あまりに酷い答弁書だったので、書き直しを求めたのである。

そいつは一般国道を、制限速度を八十キロオーバーで疾走し、横断歩道上の被害者を撥ね飛ばして死なせたのだ。にもかかわらず、あのぐらいのスピードは普段から出していただの、ちょっと目を離したために被害者に気づくのが遅れたなどと、自分を正当化する弁明しかしなかった。

その上、被害者や遺族への謝罪は皆無だったのである。

刑事裁判では、危険運転致死傷罪が適用されず、過失運転致死傷罪で判決が出された。車は制御困難だったわけではないというのが、その理由である。飲酒運転や信号無視、あるいは妨害行為といった、明らかに処罰の対象となるものがない限り、裁判所は危険運転を認定したがらない傾向がある。今回の刑事裁判で適用が見送られたのもそのためだ。

だが、制御できなかったからこそ、死亡事故が起きたのである。

第一回口頭弁論での被告の態度にはらわたが煮えくり返った忠雄は、答弁書の書き直しと、真摯に罪と向き合うよう求めた。それで被告が心を入れ替えたかどうかは、まだ不明である。

今度はまともな答弁書を書けたのかと、さほど期待もせずに目を通そうとしたとき、

「ああ、ところで」

不意に思い当たって、沙貴に訊ねた。

「はい、なんでしょうか？」

「安田君は、政治家の知り合いっているかい？」

唐突にそんなことを訊いたのは、鶴見がくだんの政治家と、どうやって金を工面するまでの間柄になったのか知りたくなったからだ。

忠雄とて、いくつかの会合で政治家と顔を合わせたことはある。けれど、何か陳情をするわけではないし、せいぜい挨拶と、名刺交換をしてそれっきりだ。その後も繋がりを持ったことは一度としてなかった。

「政治家、ですか?」

沙貴が困惑をあらわにする。それも当然だろう。

「要するに議員だね。いや、ときどき、あの議員を紹介してやろうなんて言ってくるやつがいるんだが、そういう連中は、どうやって政治家との関係を築くのかと思ってね」

「ああ、そうですね。わたしも郷里に帰ったとき、近所のおじさんが紹介してやろうって言ってきたことがありました。おじさんはその政治家の息子と、お見合いをさせたかったみたいですけど」

「郷里で?」

「はい。政治家の地元には、だいたい後援会がありますよね。そのおじさんも後援会に入っていたみたいで、けっこう政治家本人と親しかったみたいですよ。たしか県会議員でしたけど」

「なるほど、後援会か」

どうして気がつかなかったのかと、自身の愚かさが嫌になる。鶴見の悪事にばかり目が向いて、それを行なうに至った経緯にまで、頭が回らなかったようだ。

（そうすると、金も地元に送っているのかもしれないぞ）

そちらから政治家の口座に入金されれば目立たない。また、時代劇ではないが、贈り物に見せかけて、後援会経由で現金を渡すなんて手もありそうだ。

それに、地方なら金融機関の監視も緩いのではないか。鶴見が複数の口座を地元の銀行に持っているのも考えられる。警察の人間だし、捜査上の都合だと適当な理由をつけて。

次にやるべきことが決まった。鶴見の出身地と、そこが地元である政治家を調べるのだ。

危険を冒してでも金を手に入れ、違法な献金――贈賄か――をするのは、いずれは自らも権力の座に就きたいと考えているからではないか。となれば、おそらく政権与党の政治家だ。

（警察を辞めて、政治家に転身するつもりなのかもな）

かなりの金を渡しているようだし、地盤と支持者をそっくり受け継ぐつもりでいるのだとか。もしもそうなら、跡継ぎのいない議員ということになる。もっとも、選挙区の後継者には政党の思惑も絡む。そう簡単には議員になどなれまい。余っ程の実力者の機嫌を取っているのなら話は別だが。

「ありがとう。参考になったよ」

礼を述べると、沙貴がニッコリ笑う。

「どういたしまして。では、失礼します」

一礼して執務室を出て行った。

忠雄は鍵を取り出し、デスク右上の引き出しを開けた。中に入っていたゼロ地裁連絡用のガラケーで電話をかける。

「ああ、谷地君か。忙しいところを申し訳ない。ちょっと調べてほしいことがあるんだ」

同日夕刻、ゼロ地裁の会議室。

修一郎の仕事は早かった。鶴見の出身地ばかりか、該当する政治家まで見つけてきたのである。

「後援会の幹事長に鶴見の名前があったんです。本人ではなく父親ですが」

「そうすると、まず間違いなさそうだね」

藤太がうなずく。だが、その表情は冴えない。

なぜなら、くだんの政治家は国会議員で、しかも大臣経験者だ。政権与党の重鎮であり、最大派閥の領袖でもある。

「ここまで大物だったとはな」

忠雄も渋い顔になった。

とは言え、だからこそ金が必要だったのだと納得もいく。選挙はもちろん、党内での地位を盤石なものにするためには、金はいくらあっても足りないぐらいであろう。

しかも鶴見が与えたのは、出所のはっきりしない金だ。要は届け出も、帳簿処理も必要ないのである。

自由に使える金を何十億も融通したのであれば、かなりの恩を売ったことになる。後継者にしろと言われたら、議員も認めるしかないだろう。また、何をしても党内から批判されないだけの力もある。

「ケチな悪徳警官かと思えば、鶴見はかなりの野心家だったんですな」

藤太がため息をつき、肩を落とす。敵対する相手の大きさに、どうすればいいのかと考えあぐねているようだ。

「議員になるつもりかどうかは不明だが、あれだけの金を与えたんだ。当然、見返りを期待しているんだろう」

「議員じゃなくて、警視総監か警察庁長官でも狙ってるんじゃないですか？　警察機構のトップに立つつもりだとか」

修一郎の見解に、忠雄は冗談じゃないとかぶりを振った。

「あんなやつがトップになったら、法治国家としておしまいだよ」

「まったくそのとおりですな」

藤太も同意する。

「徳寺の組織が壊滅して、鶴見はかなり焦っているかもしれませんな。金がなければ、議員に見限られる可能性もありますし」

「だけど、もう充分に金を与えたんですから、それをネタに議員を脅すってことはあり得ませんか？　金の出所を世間にバラすって」

修一郎の意見に、忠雄は首をひねった。

「いや、鶴見自身もかなりの罪を重ねたんだ。そんなことをしたら身の破滅でしかない」

「ああ、確かに」

「要は一蓮托生(いちれんたくしょう)ってことさ。本来は、よい行ないをした者同士は極楽浄土の同じ蓮の上で生まれ変わるっていう意味だが、やつらには地獄がお似合いだ」

忠雄は心に決めていた。大物議員だろうが関係ない。ふたりとも始末するつもりであった。

『諸悪の根源が警察と政治家だなんて、あべこべじゃないですか――』

磯貝の言葉が蘇(よみがえ)る。このことを予期していたわけではあるまいが、まさしく彼が口にした最悪の事態が、目の前に立ちはだかっていた。

(絶対に許すわけにはいかない)

決定的な証拠がない以上、どちらも表の司法で裁くのは不可能だ。だからこそ、このゼロ地裁の法廷で、闇に葬(ほうむ)ってやる。

「じゃあ、さっさと鶴見を呼んで、ゲロさせますか？　徳寺の証言ビデオを見せて、議員との関係も指摘すれば、観念して喋るでしょうから」

藤太が提案する。

「いや、まだだ」

忠雄は首を横に振った。

「え、他にやることがあるんですか？」

「おそらく鶴見は、徳寺から巻き上げた金をまだ持っているはずだ。万が一を考えて、貯め込んだものを全部吐き出すような真似はしないと思うんだよ」

「万が一というと？」

修一郎が訊ねる。

「徳寺の組織を守るために、鶴見は殺人もためらわなかった。加地君を殺したのも、余計なことを喋らせないためだったんだろうし、他にも命を奪われた者がいるのは間違いない」

「ええ、そうですね」

藤太が首肯する。徳寺の組織でドジを踏んだ幹部が、その後姿を消したという話を刑務所の受刑者から聞いて、さっき報告してくれたのである。

それから、逮捕された出し子が自殺したという情報も、幸則が入っていた拘置所とは別のところから得たという。徳寺の組織の下っ端かどうかはわからなかったが、そこにも本来いるはずのない鶴見の姿があったそうだ。

「そこまで尻拭い（しりぬぐ）をやれば、いずれは組織も危ないと悟ったんじゃないかな。何の問題もなければ、鶴見自身が手を下す必要はなかったんだし」

徳寺には、何があってもバックにいる大物が守ってくれると告げていたようだ。もちろん、そんなつもりは少しもなかったであろう。

潰れたらそれまで。徳寺たちは、鶴見の持ち駒に過ぎなかったのだ。

「じゃあ、しばらくのあいだは議員を満足させられるだけの金を、どこかに貯め込んでいると」

「うん。おそらく地元にあるんだろう。もしかしたら自分じゃなくて、家族名義の口座かもしれない。それなら何かあってもバレないから」

「そのぐらいのことはやりそうですね」

納得した面持ちの修一郎に、忠雄は次の指令を出した。

「悪いんだが、谷地君には鶴見の地元に行ってもらいたいんだ」

「え、おれがですか？」

「うん。特殊詐欺の実行犯として」

修一郎が目をしばたたかせる。藤太は「なるほど」と両手を打った。

「鶴見の金を騙し取るんですな。目には目をってことで」

「そうだ」

忠雄はうなずき、ふたりの顔を順番に見た。

「大切な金を、老害政治家なんかに使わせちゃいけない。騙し取ったひとびとに、少しでも返さなければならないんだ」

「ええ」

「同感です」

「では、金を取り返す方法を考えよう」

ゼロ地裁の三人は、金を横取りするための作戦を練った。普段、正義のために動いているだけに、悪いことに知恵を絞るのは、妙に新鮮で楽しかった。

第四章　崩壊する権威

1

(何だっていうんだ、いったい⁉)

鶴見芳信は混乱し、当惑し、怒りに身を震わせた。これもすべて、郷里からの電話のせいである。

《芳信、お前、何てことしでかしたんだ！》

勤務時間、それも重要な会議の真っ最中に、父親から電話がかかってきた。何事かと中座し、出てみればいきなり怒鳴りつけられたのである。

それも、意味不明な理由で。

《いくら離婚して独り身だからって、女遊びもほどほどにせえ。しかも、子供を

作っておきながら何の責任も取らんとは、いったいどういう了見だ！》

いい年をして親に叱られるなんて、屈辱以外の何ものでもない。

（どこかの女が、おれに妊娠させられたって、わざわざ実家に行って訴えたっていうのか？）

だが、まったく身に覚えがない。

かろうじて当てはまるとすれば、つい先日、派遣型風俗店の女を呼んで、いささか乱暴に扱ったことぐらいか。あとで店員が来て、慰謝料と迷惑料を請求されたが、先方の提示した金額の倍を払ってやったら、黙って立ち去った。

もしかしたら、あの女が逆恨みして、あることないこと密告したのか。

（こっちは世のためひとのため、身を粉にして働いてるっていうのに。ちょっと暴力を振るわれたぐらいで、いちいち騒ぐんじゃねえよ）

腹が立ってしょうがない。何なら別の名前でおびき出して、もっと酷い目に遭わせてやろうか。

怒りを募らせたあとで、

（いや、あいつのはずがない）

鶴見は思い直した。

女を呼んだ場所はホテルだったし、名前も偽名を使った。仮に本名を突き止めたところで、たかが風俗嬢に実家まで特定するスキルはない。

では、いったい何者が？

（まったく、ただでさえ苛ついてるっていうのに）

徳寺ばかりか、幹部全員が行方知れずで組織は壊滅。おまけに、他の署の管轄のため、捜査の進展について情報が入ってこない。

自分との関わりは今のところ取り沙汰されていないし、そもそも証拠は何もないはずだ。それでも油断は禁物である。

拘置所内で殺した下っ端は、検視で自殺と判断されるはずだった。なのに司法解剖されたと聞いて、正直動揺したのである。結局、自殺との報告書が出されて、事なきを得たけれど。

どうも不穏な動きがあるようだ。長年警察に身を置いてきたから、その程度の勘は働く。金は貯えたぶんがあるから、当分、様子を窺うつもりでいた。

そんなときに、父親から訳のわからない電話があったのである。

「何を言っているのかわからないから、順を追って説明してくれ」

向かっ腹が立つのをどうにか鎮め、父親に要請する。

《順を追っても何も、来たんだよ》

「だから誰が」

《東京地方裁判所の執行官が》

「え？」

やけに具体的な肩書きを告げられ、鶴見は戸惑った。

執行官が何者かぐらいはわかる。民事裁判で賠償金支払いの判決が出たのに払わないとか、子供の引き渡しが命じられたのに応じないとか、そういう場合に原告の要請で金品を差し押さえたり、子供の監護を解いたりするやつらだ。

だが、自分にはまったく縁のない存在だ。そもそも強制執行されるようなことはしていない。

「執行官って、本物か？」

《偽者のわけがねえだろうよ。ちゃんと名刺ももらったし、お前の名前を出して差し押さえに来たんだぞ》

たかが名刺だけで信じるなんて単純すぎる。

（まったく、これだから年寄りは……）

特殊詐欺に引っかかるのも当然だとあきれ返る。父親も騙されたのかと苦々し

く感じたとき、

（いや、待てよ）

そいつは自分の――鶴見芳信の名前を出したらしい。それも実家で。つまり、こちらの情報を得ていたのだ。

そうすると、誰彼かまわず陥れる詐欺師ではない。要は狙い撃ちされたことになる。

（おれに恨みを持つやつが、嫌がらせをするために、わざわざ実家にまで行ったのか？）

警察官である以上、悪党から逆恨みされるのは宿命のようなもの。鶴見とて課長になってからは、手錠をかける機会がなくなったとは言え、その前にはいちいち思い出せない人数を逮捕、あるいは聴取したのだ。

しかしながら、実家にまで行くような陰湿なやつに、心当たりはない。そうすると犯罪者連中ではないのか。

（まさか、おれが始末したやつの遺族か関係者が？）

恨まれるとすれば、むしろそっちのほうだろう。

徳寺たちが金を巻き上げた高齢者の中には、諦めの悪いやつもいた。実行犯はこれこれこういう男だったと、年寄りとは思えない記憶力で証言する者もいたし、中には早く逮捕しろと、しつこく迫ってくる者も。

徳寺の組織が挙げられる恐れがある情報は、可能な限り握り潰してきた。でないと、こちらに金が入らなくなるからだ。文句をつける者も含めて、捜査を後押しする連中は邪魔者でしかない。

だから処分したのである。いつまでもピーチクパーチクさえずられるのは鬱陶しい。鶴見は気が短かった。

その中で、他殺だと明かされたケースは一件もない。すべて自殺で片付けられている。

ゆえに、そちらの筋から恨まれる可能性もゼロだ。

他に考えられるとすれば、金は戻らないと暴言を吐いたことで自殺した、あの年寄りの遺族だろう。損害賠償では飽き足らず、求償権の行使を求める訴訟まで起こしたのだから。

ただ、あれはかなり前の話だ。しばらく何の動きもなかったのに、今になって復讐を企むとは思えない。それに、ああいうクレーマーたちは、裁判などの真っ当な方法を選ぶはず。

引っかかるのは、今回の何者かが、実家を狙ったことである。それが可能だったのは——、

（……まさか、あいつじゃないよな）

浮かんだのは、別れた妻であった。

都条例違反——客引きで逮捕し、見逃してやるからと肉体を弄んだ女である。何度も関係を持つうちに従順になり、求められて結婚した。

女は男が支配するものというのが、鶴見のポリシーだ。また、英雄は色を好むのだとうそぶき、結婚後も女遊びをやめなかった。

今の職に就いたときから、鶴見は一介の警察官で人生を終わらせようなんて考えていなかった。いずれ権力を手にし、何事も意のままにするのだと野望を抱いた。それを実現するためになら、どんな手でも使うつもりでいた。

それこそ絶対的な権力者、すなわち英雄になることを願っていたのである。

女どもは、そんな自分に傅く存在でしかない。よって、手酷い扱いをしても心は痛まなかった。

元妻も、最初は権力志向の夫を慕い、支えようとした。怒鳴りつけても殴ってもひたすら謝り、反抗する場面など一切なかった。

だが、女というのは独占欲が強いものらしい。鶴見が他の女に手を出すことには我慢ならなかったようで、何度もやめてほしいと訴えた。

もちろん鶴見は耳を貸さなかった。妻のからだにはとっくに飽きていたし、離婚してもかまわないと思っていた。

かくして、彼女のほうが愛想を尽かし、別れることになった。鶴見は慰謝料などびた一文払わなかったし、向こうも最初に罪を見逃してもらった負い目があるからか、何も請求しなかった。

それでも、最後は弁護士の前で念書を書かせ、結婚に至る経緯や結婚生活について、決して口外しないよう誓わせた。権力を得たあとで、不都合なことを蒸し返されたくなかったからである。

元妻なら実家を知っている。召使いに等しい扱いで、若いときの貴重な時間を奪われた恨みがぶり返し、ひとを雇って嫌がらせをしたのではないか。

あるいは、詐欺師に実家の情報を流し、高みの見物で笑っているのか。

「それで、何か差し押さえられたのか?」

詐欺にしろ嫌がらせにしろ、鶴見はそれほど深刻に捉えていなかった。実家も土地も父親名義だし、自分の財産などないのである。

（本物の執行官なら、実家じゃなくおれのところに来るはずだからな）

そもそも訴えられてもいないのだ。本人ではなく、実家の親を脅して困らせるという、悪質な悪戯（いたずら）に決まっている。

そう決めつけたものだから、

《お前がおれの名義で作らせた通帳だよ》

父親の言葉に、鶴見は愕然とした。

「何だと⁉」

そんな馬鹿なと、顔から血の気が引くのを覚える。それがあることを、第三者が知っているはずがないのだ。

《向こうはすべて調査して、こっちにお前の金があるってわかってたんだからな。おまけに、執行同意書とかにサインさせられて、隠すようなら警察を呼んで、強制執行行為妨害罪で逮捕させるとまで言われたら、差し出すより他ねえだろ》

名刺ばかりか、書類まで用意していたとは。そこまでされたから、父親も冷静さを欠くほどに焦り、信じてしまったようだ。息子に電話で確認する余裕もなかったらしい。

それにしても、一般的な公務執行妨害ではなく、強制執行行為妨害罪なんて法律まで持ち出すとは。あるいは本物の執行官なのか。

（いやいや、おれは誰からも訴えられていないんだよ）

だが、少なくとも実家に行ったやつは、チンケな詐欺師ではない。鶴見が微に入り細を穿ち導いてやった徳寺たちとは違う。

《それから、委任状も書かされたぞ》

「委任状？」

《通帳を解約するための委任状だよ。なあ、金を払えば、あとは問題ないんだろ？　警察も辞めなくていいんだよな？》

警察の仕事に差し支えると父親を脅したらしい。それにしても、自分の金だとバレないよう名義を父親にしたことを、鶴見は激しく後悔した。委任状まで書かれたら、もはや打つ手はない。

「とにかく、渡したのは通帳だけなんだな？」

父親に確認する鶴見の声は震えていた。そうであってほしいと、心から願っていたのだ。

《あの箱ごと差し出したさ。ヘタに誤魔化して、逮捕されるのはご免だからな》

目の前が真っ暗になる。最悪の事態だ。

「箱ごと……」

《入ってたのは通帳と印鑑だけだろ》

もしも目の前に父親がいたら、間違いなく殴りつけていたに違いない。そのまま親子の縁も切ったであろう。

箱というのは、どこにでもあるような菓子箱である。

鶴見はそこに、父親名義で作らせた通帳と印鑑を入れ、実家の箪笥の上に置いた。絶対に手をつけるなと念を押して。そんなところに通帳が隠されているなんて、仮に泥棒が入っても気がつかないだろうと。

箱の中には、ある意味通帳や印鑑以上に重要な品物も入っていた。鶴見の生命線とも言えるものが。

それが何なのかは、父親にも言えない。いや、自分以外の人間が知ってはならないのだ。

なのに、まさか他人の手に渡ってしまうとは。

（いったい何者なんだ、そいつは？）

最初からそれがあると知っていて、執行官に成りすまして実家に行ったというのか。だとすれば、目的は何だ。

どうかつまらない詐欺師であってほしい。鶴見は心から願った。通帳の金以外、そいつには無用の長物であってくれと。

だが、通帳や印鑑と同じところにしまってあったのだ。何か貴重なものかと、中身を確認する恐れがある。

（いや、大丈夫だ。メモリーもファイルも、パスコードでロックされている。そう簡単に破られはしない）

自らに言い聞かせても、不安が一向に消えない。この胸騒ぎは何だろう。

《もしもし、おい芳信》

父親の呼びかけは、もう耳に入らなかった。


ゼロ地裁の会議室――。

「やっぱり、餅(もち)は餅屋と言うことですかな。大成功じゃないですか」

藤太の言葉に、修一郎は複雑な面持ちを見せた。

「おれは正直、やりたくなかったんですけど。自分の仕事を穢(けが)すみたいで」

「そんなことはないさ。谷地君はただ詐欺師を演じただけなんだ。執行官の谷地修一郎とは異なる人物を」

忠雄に言われて、多少は気が晴れたようである。

「まあ、なるべく普段と違うところを出すようにはしましたけど」

それでも、鶴見の父親を騙せたのは、本物のリアルさと迫力があったからであろう。

隠してあるものを出させるには、特殊詐欺のやり方では難しい。ならば、いっそお上（かみ）の取り立てを装ったほうがいいという話になり、修一郎が執行官として鶴見の実家を訪れる計画を立てたのである。

鶴見に離婚歴があり、女グセが悪いという噂を聞いたから、偽の訴えに利用した。おそらく親も息子の悪癖（あくへき）をわかっていて、すぐ信用するだろうと。

結果、期待以上の収穫があった。

「あとで捜査が入って、おれの仕業だってバレたりしませんよね？」

自身のキャリアを棒に振ることも、修一郎は心配していた。

「本物の執行官がニセの執行官を装ったなんて、誰が思うんだい？」

藤太がニヤニヤ笑いを浮かべる。困っている様子の若手を見て、明らかに面白がっていた。

「名刺も書類も、本物に似せた偽物だったんだろ？　中途半端な知識を持つ者が、それっぽいものをこしらえたって感じの」

「ええ、まあ」

「だったら、こいつはニセモノの仕業だって、警察も思うさ」

「それに、鶴見は絶対に通報しないよ。何しろ、こんなものを騙し取られたんだから」

忠雄が断言する。視線の先、テーブルの上には、開かれたノートパソコンがあった。

複数の通帳や印鑑と一緒に見つかったのは、ＵＳＢメモリーであった。ロックがかかっていたが、生成ＡＩもこしらえてくれた美鈴の知り合いが、難なく解除してくれた。

そこに入っていたのは、鶴見が例の政治家と密談したときのものと思われる、音声ファイルだった。

徳寺たちがどうやって金を手に入れているのか、鶴見が説明する。それを聞いても、政治家はまったく咎めない。それどころか、国政を担う者として、国民から金を巻き上げるのは当然だと言わんばかりの発言をしたのである。

さらに、鶴見は自身の手を汚したことも匂わせた。それについても、政治家はどんどんやればいいと、奨励する姿勢を示した。

「まったく、腐りきってますな」

再び音声を確認したあと、藤太が不快感をあらわにする。鶴見もそうだが、金がすべてという政治家の姿勢にも怒りがおさまらないようだ。

「なんだってこんなやつが、議員を続けていられるのか、理解に苦しみますな」

「選挙のときにはぺこぺこと頭を下げて、地元のために貢献していますとアピールしてるんでしょう。それに、たとえ不正をしても、力を持つ者に任せるのが安心だっていう、日本人の低い政治意識も関係している気がします」

修一郎もやり切れない様子だ。

「ようするに連中は、自分に投票する選挙民でなければ、死んでも関係ないってわけか」

藤太の見解に、

「いや、選挙民だろうが何だろうが、関係ないのさ」

忠雄はこみ上げる怒りを抑えて述べた。

「権力者たちは国民の命なんて、何とも思っちゃいない。金を稼ぎ、貢(みつ)ぐだけの存在でしかないんだ。その金も国のためにじゃなく、自分たちのためにあると考えている。それこそ、金を生まずに横取りするだけの年寄り連中なんて、早くたばればいいと思ってるよ」

いつになく遠慮のない口振りに、藤太と修一郎が目を丸くする。けれど、批判の言葉は止まらない。はらわたが煮えくり返っていたからである。

「歴史が証明している。戦争を始めるのは、いつも権力者だ。国民がどれだけ苦しもうが、命を落とそうが心は痛まない。自分たちさえよければいいんだからな。そういう血も涙もないやつらに限って、ひとの上に立ちたがる。悪しき傾向だよ」

さすがに飛躍しすぎたことに気がつき、忠雄は咳払いをした。

「とにかく、これで鶴見の悪事は証明された。それから、議員のひとでなしぶりも。まったく、どうしようもないやつらだ」

「だけど、これって明らかに隠し録りですよね。自らの身も危うくなるのに、鶴見はどうしてこんなものを持っていたんでしょうか」

修一郎が首をかしげる。

「万が一の保険だろう。もしも議員が裏切ったら、これで脅すつもりだったのさ。刺し違えるぐらいの気持ちもあったのかもしれない」

見解を述べてから、忠雄は眉をひそめた。

「だからと言って、見あげた覚悟だとは露ほども思わないが」

「まあ、でも、おかげで我々は決定的な証拠を手に入れられたんですから。容疑者本人の自白というやつを」

藤太の言葉を継いで、修一郎が訊ねる。

「鶴見はどうしますか？　音声に通帳と、これだけの証拠があれば、逮捕も可能だと思いますけど」

「だが、違法に手に入れたものだ。証拠能力はない」

忠雄は苦渋に満ちた表情になっていたのであろう。藤太も肩を落とし、

「ま、そうでしょうね」

ため息交じりに同意した。

「仮に証拠として採用されても、鶴見が素直に認めるわけがない。これは自分ではないと主張するだろうし、通帳についても知らぬ存ぜぬさ。何しろ、名義は彼の父親だからな。仮に声紋鑑定か何かで、音声の主が鶴見だと証明されたとしても、フェイクで罠(わな)にかけられたと反論するだろう。それこそ、生成ＡＩのまがい

物だとね。世の政治家たちが、自らの過ちや罪を認めたがらないのと一緒だよ」

「なるほど。鶴見にはその素質がありますからな」

藤太の皮肉に、修一郎も「そうですね」とうなずいた。

「だから、鶴見はここ、ゼロ地裁で断罪する。加地君や、被害者たちの無念を晴らすんだ」

断罪が意味することを、三人とも等しく認識していた。そのため、しばらく無言のときが流れる。

「……議員はどうしますか？」

修一郎の問いかけに、忠雄は間を置いてから、

「それは、鶴見の後で考えよう」

奥歯を嚙み締めながら答えた。

普段からＳＰに守られている政治家に、簡単に手を出せないことぐらい、そこにいる全員がわかっていた。

本来なら、死をもって償うべき輩である。だが、仮に暗殺に成功したところで、悪事が世に伝わるわけではない。むしろ同情を買い、同類の後継者に票が入るのを助けるだけだ。

仮に、この音声が世に出たところで、やつは断固として本人だと認めまい。それは政治生命の終わりを意味するし、そもそも政治家は、謝罪と贖罪を何よりも嫌がるのである。

だからと言って、何もしないまま終わらせるつもりはない。それもまた、三人の共通認識であった。

2

念のため残しておいた、徳寺との連絡に使っていた携帯。デスクの引き出しにしまっておいたそれがバイブの唸りを響かせたので、鶴見はギョッとした。

(え、徳寺か？)

番号を確認すると、間違いなくあいつだった。あるいはどこかでくたばっているのかと諦めていたが、生きていたというのか。

しかし、安心はできない。

(徳寺のスマホを押収した捜査員が、登録してあった番号に手当たり次第かけているのかもしれない)

いちおう出て、そっちの匂いがしたら、ただちに携帯を処分しよう。周りに誰もいないのを確認し、鶴見は深呼吸をしてから通話ボタンを押した。

「……もしもし」

名乗ることなく、声も掠れさせる。万が一録音されているのを恐れたのだ。

《鶴見警部さん？》

能天気に訊ねたのは、女の声だった。鶴見は拍子抜けした。

（徳寺の女なのか？）

行方知れずの彼を探してほしいと、泣きついてきたというのか。もっとも、声のトーンからして、そんな様子ではない。

ただ、こちらの職階を知っているのだから、徳寺の関係者なのは間違いないだろう。少なくとも警察ではなさそうだ。

「誰だ、お前は？」

訊ねると、相手の声がさらに明るくなる。

《あら、誰だってことはないでしょ。わたしは鶴見警部の大切なものをあずかっているのよ》

「大切なものとは？」

《これを聞けばわかるんじゃない？》

間を置いて、別の声が聞こえた。
《邪魔者はきっちり処分していますから、心配には及びません》
《心配などしちゃいないよ。私には関係のないことだし、貰えるものさえ貰えれば、それでいいんだ》
それが自分と、多額の裏献金をしている議員の声であると、すぐにわかった。
（クソ。メモリーとファイルのロックを外しやがったのか）
携帯を投げつけたい衝動に駆られたものの、焦るなと気持ちを落ち着かせる。
わざわざ連絡してきたということは、何らかの取引を持ちかけるつもりなのだ。
《わかったでしょ？》
小気味よさげに言われ、怒りがこみ上げる。鶴見は女から下に見られるのを極度に嫌った。もしも電話の主が目の前にいたら、確実に手が出ていたであろう。
「おれの実家から、おれの大切なものを奪ったのは、お前なのか？」
脅す口調で訊ねても、女は怯まなかった。
《お前っていうか、わたしたちね。聞いてない？　ご実家に伺ったのは殿方だって》
敵はひとりではなく、何人かのグループらしい。

「どうしておれの実家がわかったんだ。あと、金があることも」

《訊くまでもないでしょ。この電話が、誰の番号からかかってきたのかを考えれば》

言われて、すべての謎が氷解する。

（徳寺がおれを裏切ったのか！）

特殊詐欺でちまちまと稼ぐのが面倒になり、こっちの貯め込んだものに手を出そうと謀（はか）ったらしい。組織を壊滅させ、全員が行方知れずになったのはそのためなのだ。

隠し金があることは秘密だったし、議員との繋がりも、大物がバックにいると匂わせただけだった。しかし、連中は密かに、こちらの身辺を探っていたようである。いずれは謀反（むほん）を起こすつもりで。

飼い犬に手を噛まれるとはこのことだ。いっそ全員射殺しておけばよかったと、鶴見は後悔した。

「そこに徳寺がいるのか？」

憤りを堪えての問いかけに、

《いないわよ》

拍子抜けする答えが返ってきた。

《わたしたちは、彼から情報をもらっただけ。もらったっていうか、高く買い取ったんだけど。それだけの価値があると言われてね》

どうやら徳寺たちは、金を得て高飛びしたようだ。今ごろ東南アジアのどこかの国で、優雅に酒でもすすっているのではないか。

そんな光景が浮かんで、歯嚙みしたくなる。

「金はもう、手に入ったんだろ」

厭味っぽく告げると、女が《まあね》と答える。

《だけど、わたしはもっとほしいの。だから、他のみんなが捨てればいいって言ったＵＳＢメモリーのパスコードを、必死で解読したのよ。そうしたら、思ってた以上にお金になりそうなものが手に入ったっていうわけ》

なんて強欲なのかとあきれ返る。

もっとも、鶴見は安心していた。こいつは金さえ貰えればいいのだと。要求したぶんを渡せば、ＵＳＢメモリーを返すだろう。

何よりも敵は女なのだ。仲間から離れてひとりなのも好都合である。いざとなったら、力尽くで支配すればいい。

「それで、いくら欲しいんだ?」

《あら、物わかりがいいのね》

女が要求した金額は、隠し通帳を奪われた鶴見には、到底払えない金額だった。しかし、かまわない。

「わかった。融通しよう。どこに持っていけばいい?」

《送金してくれないの?》

「そんな高額だと、税務署に送金データが渡って、あとあと面倒なことになるぞ」

《え、そうなの?》

どうしても対面する必要があるため、鶴見は適当なことを言ったのである。幸いにも、女は真に受けたようだ。

「それから、データのコピーもなしだ。コピーした回数がファイルに記録されるから、こっそりやってもバレるからな」

またもそれっぽいことを告げると、女は神妙な口振りで、

《わかったわ。絶対にコピーしない》

と、殊勝な態度を示した。

（所詮女だな。浅はかだし、頭もよくない）

鶴見は胸の内でほくそ笑むと、彼女と待ち合わせの約束をした。銀行の近くだから都合がいいし、誰にも見られる心配がないからと、密会に相応しい場所を指定して。

もちろん、金など用意しない。銃を突きつけてUSBメモリーを奪い返したら、その場で陵辱するつもりであった。

（奪われた金のぶんも、たっぷりお返ししてやるからな）

気を逸らせた鶴見は、早くも勃起した。


（――あれ？）

気がついたとき、鶴見は闇の中にいた。自分の姿すら見えない、漆黒の世界。もしかしたら視力を奪われたのかと、一瞬危ぶんだほど。

だが、やけに離れたところに小さくて淡い光を認め、そうではないとわかった。

鶴見は椅子に坐らされていた。頑丈なもののようで、もがいてもびくともしない。ただ、ロープか何かで縛りつけられているのは腰だけで、後ろ手にされた手首に嵌まっているのは、金属の輪っからしかった。

（これ、手錠みたいだぞ）

鶴見は持って出なかったから、何者かが準備したのか。

（ていうか、どうなったんだ、おれは？）

記憶を巻き戻し、何が起こったのかを懸命に思い出す。

夕刻、鶴見は繁華街のビルの谷間にある、狭いスペースで女を待った。約束の時間から数分遅れて現れたのが類い稀な美女で、しかも胸の谷間と太腿まであらわなセクシーな装いだったものだから、きっちり五秒は固まった。

そのくせ、我に返るなり、情欲を滾らせたのである。こんないい女、是非とも味わってみたいと。

計画通りに銃を突きつけ、女が泣きべそ顔でUSBメモリーを差し出す。次の瞬間、彼女が素早い動きで身を屈め、足払いをしてきたものだから、鶴見は抵抗もできずにひっくり返った。

そのときに後頭部を強く打ち、気を失ったようである。

だが、頭がぼんやりしているし、からだにも妙な怠さがある。麻酔か何かを打たれて、長く眠らされたのではあるまいか。

そんなものまで用意されていたとすれば、罠にかかったことになる。

（くそ……女だと思って油断したか）

彼女がひとりで動いたのではなく、他に仲間がいたに違いない。ここがどこかはわからないけれど、あの場所でないのは確かだ。昏倒（こんとう）した男を、女ひとりで運べるとは思えなかった。

こうなったら、諦めて金を準備するしかなさそうだ。手元にないから、議員に用立てを頼むより他ない。あのケチが、そう易々（やすやす）と出してくれるとは思えないけれど。

約束を反故（ほご）にしてUSBメモリーを奪おうとしたため、女を怒らせたのだと鶴見は考えていた。そのため、さらに高い金を払うことになりそうだと覚悟する。

バチン――。

闇の中に、びっくりするぐらいの音が響く。スイッチを入れたようで、前方の斜め上から強い光が当てられた。

「くああ」

あまりに眩しく、目が潰れるかと思った。鶴見は顔をしかめ、それでも光を頼りに、自分がいる場所を探ろうとした。

(……なんだ、ここは?)

まず目に入ったのは、半円形の古めかしい柵だった。昔の映画に出てくるような、裁判所の証言台らしい。

そして、その向こうに祭壇みたいなものが浮かぶ。手前が証言台だとすれば、そっちは裁判官席ということになる。

もちろん、正式な司法の場ではあるまい。趣味の悪いやつがしつらえた、裁判ごっこの場であろう。

(つまり、おれが被告人ってことか?)

こっちは大事なものを奪われた被害者なのだ。しかも警察の人間であり、被告人になるべき連中を捕まえる立場である。

やはり過去に逮捕されたやつらが、逆恨みしているのか。徳寺から情報を買い取り、金を奪ったばかりか、こんな目に遭わせるなんて。

(見てろよ。今度はおれがとっ捕まえて、真っ当な裁判にかけてやるからな)

と、怒りを募らせていたとき、

《選挙が近いからな、これだけ用立ててもらいたい》

《お任せください。なあに、すぐ工面できます。馬鹿な年寄りを何人か騙せばい

いんですから》

《うむ。どうせ簞笥の肥やしにしかならない無駄金だ。わしが有効に使ったほうが、金も存在価値があるからな》

会話が大音量で響き渡る。紛れもなく鶴見自身と、議員との密談を録音したものだ。

《組織の連中には、わしの名前は知られてないんだろうね》

《もちろんです。なかなか役に立つやつらですが、元が半グレですから信用なりません。中にはつまらないミスをする者もいて、私がそいつを始末しなくちゃならないのが腹立たしいところです》

《うむ。役に立たない人間は、消してしまうに限る。政治の世界も一緒だ》

《それから、あまりに諦めの悪い年寄りも、我々にとっては頭が痛い存在です。早く捜査しろだの、金を取り返せだの、強突く張りが多くて。ま、そいつらにはさっさと自殺してもらいました》

《面倒な老人がいなくなってくれれば、年金を払わずに済む。いいことだ》

下卑た笑い――。

（だから何だってんだ！）

悪事が露呈したやりとりにも、鶴見はまずいとすら思わなかった。当たり前のことを言っているのであり、何が悪いのかと開き直る。拘束された状態ゆえ、気が立っていたためもあったろう。

もちろん、これが世に出たらまずいことぐらいわかっている。だからこそ通帳や印鑑と一緒に隠し、万一の時の保険にするつもりだったのだ。

「開廷――」

一瞬の静寂ののち、重い声が告げる。ライトが少し弱まったようで、裁判官席にいる人物のシルエットが見えた。

「これより、鶴見芳信が犯した罪、殺人、共謀しての詐欺行為、強要並びに恫喝、贈賄、公務員の信用失墜行為、その他に関わる審理を始める」

やはり裁判ごっこかと鼻白み、鶴見は顔の見えないそいつを睨みつけた。

「手錠をはめられるのはどんな気持ちだ。おそらく初めてだろう」

厭味たっぷりの問いかけに、忌ま忌ましいと床にペッと唾を吐く。

「なるほど」

わかりきったような態度をされるのも鬱陶しい。

「鶴見芳信、お前は警察官の身でありながら、半グレ上がりの犯罪集団と手を組み、特殊詐欺を始めとした悪事で金を稼がせ、上納させた。お前は権力を得るために、貢がせた金を政治家に渡して恩を売り、出世の後ろ楯を得ると同時に、将来への足固めをしてきた。かつて特殊詐欺被害者の老女に暴言を放ち、自殺に追い込んだことがあったが、そのときからすでに、お前は正しい道を選択していなかった」

それがどうしたと、鶴見は胸の内で言い返した。

「長きに亘（わた）って正義の道を外れ、己のためだけに生きるのみならず、お前は何人もの尊い命を奪った。ミスをして逮捕された組織のメンバー、捜査に口出しをする被害者など、都合の悪い人間を殺したのだ」

シルエットが死んだ者の氏名と当時の年齢を、順番に述べる。鶴見自身、正直なところはっきり憶えていなかったが、洩れはあっても誤りはなさそうだ。

「以上の者たちを、自殺に見せかけて殺害したことに相違ないか」

問いかけに、鶴見は「さあな」とふてぶてしく答えた。

「否定しないということは、事実なんだな」

「うるせえ。そんな取るに足らないやつらがどうなろうが、おれの知ったことじゃない」

少しの間を置いて、ため息が聞こえた気がした。

「野々宮夏子をなぜ殺した」

わりと最近のことだったから、その名前は憶えていた。

「あのババアか。息子のためにも金を取り返してくれとか、家に来た男の顔を憶えているから似顔絵を描いてくれとか、とにかく面倒で邪魔くさかったから、踏切のところで後ろから突き飛ばしたんだよ。けっこう勢いをつけたぶん、すごい音がしてあっさり死んだな」

露悪的な発言は、敵を苛つかせるためであった。目的は脅迫して金を取ることではなく、どうやら正義を標榜する連中だとわかってきたから。

「その野々宮夏子の死を受けて、自首を決意した加地幸則を、お前は拘置所内で殺害したな」

「当たり前だろ。自首するのは悪事を認めるってことだから、余計なことをペラペラ喋るに決まってる。こっちにとっちゃ都合の悪い人間だから、この世から消えてもらうのは当然だ」

「つまり、お前はすべての罪を認めるんだな」

「認めるもんか、馬鹿が」

ここぞとばかりに、鶴見は毒づいた。

「おれが自白したっていい気になっているようだが、こんなところで喋ったって、何の証拠にもならねえ。何しろおれは、拘束されてるんだ。明らかに脅された状態だ。だから仕方なく、相手に合わせたんだ。そんなこともわからないで、くだらない裁判ごっこなんかするんじゃねえ」

言葉遣いが荒々しくなる。鶴見は前のめりになり、大声で唾を飛ばした。

「さっきの録音された会話も、何の証拠にもなりゃしねえ。そもそも、誰が喋ってるのかわからねえからな。おれと声の似たやつと、どこぞの議員と声の似たやつが話してるだけだ。こんなもので犯罪が証明されるなんて思うなよ。この似非(えせ)裁判官野郎が！」

言いたいことを言って、多少はすっきりする。これでこいつらも、無駄なことをしていたとわかるだろう。

鶴見はふうとひと息つき、椅子の上で尻を落ち着けた。

「わかったらこの手錠をはずして、ロープをほどけ。おれは帰りたいんだ」

尊大な態度で命じると、今度は大袈裟(おおげさ)なため息が聞こえた。

「お前は何か勘違いをしている」

「今さらお前に、罪を認めさせる必要はない。すべてわかっているのだから。私はただ、お前がどの程度反省しているのかを確認しただけだ」

「反省なんかするかよ」

「それもよくわかった。よって、お前には最高の償いをしてもらう」

「は？　なに言って――」

「言っておくが、ここは罪を裁く場ではない。被害者や遺族にされるべき償いや賠償が行なわれていない場合、どんな手を使ってでも加害者に償いや支払いをさせることを目的とした、影の執行裁判所だ」

執行官を騙るやつが実家に現れたのを思い出す。こいつらの目的はそれなのかと、ようやく話が繋がった気がした。

「だったら尚更、おれを責めるのはお門違いだ。おれは誰からも訴えられていないし、償いも賠償も求められていないんだからな」

「当たり前だ。死んだ人間に訴訟はできない。だから、我々が代わりを務める。すでに金はいただいたから、あとはお前自身の贖罪だ」

裁判官席の後方から照らしていたライトが消える。今度は普通に、天井の明かりが点いた。

鶴見はギョッとした。裁判官席に坐っているやつが、ピエロのマスクを被っていたからである。

それも、色が一部剝げ落ち、黒ずみもある不気味なものを。

「なんだそのマスクは。この裁判が道化だっていうシャレか?」

揶揄しても、そいつは動じない。ゆっくりと立ちあがり、こちらに下りてきた。

さらに、いつの間にか左右から、同じくピエロのマスクを被った者がふたり現れた。紺色の上下は、刑務官の制服に似ている。

「気色悪いなあ。マスクを取れよ」

不快感をあらわに告げても、彼らは無言だった。刑務官スタイルのふたりが腰に巻いたロープをほどき、左右から鶴見を支えて立たせる。後ろ手の手錠はそのままに。

「こっちだ」

裁判官のピエロが先導し、法廷を模した場所から移動する。扉を開けて入った隣の部屋はがらんとしており、何に使われるのか定かではなかった。

「何だよ。ここが留置場か？」

反抗的な態度を崩さない鶴見であったが、声が次第に弱々しくなる。この先に待ち受けている運命を敏感に悟ったのか。

「留置場ではない。ここは用途に応じて様々なことに使われるのだ。手術室だったこともある」

「おれに病気はないぜ」

「あるさ。決して治らない心の病が。いや、すでにお前には心がないようだ」

鶴見は床に置いた板の上に立たされた。

不吉なものを感じて逃げようとしたが、左右のふたりに腕をがっちりと摑まれていたため、どうすることもできない。次第に心細くなってきた。

「お前の下に何があるか、わかるか？」

「……いや」

「穴だ。それもかなり深い。何百メートル、それとも何千メートルあるのか、私もわからない」

左右のふたりがすっと離れる。板の上でひとりになり、腕以外は自由なはずなのに、鶴見は一歩も動けなかった。

動いたら落ちる。予感ではなく確信があった。

「深さはわからないが、穴の底に何があるのか、ある程度はわかる。これまで、色々なものを捨ててきたからな。主に不都合なものを。書類とか、証拠の品とか、それから、人間の死体も」

「う、嘘だろ」

「もしかしたら、地熱か何かの影響で灰になっているかもしれないし、ドロドロに腐って、溶けているかもしれない。どうなっているかは、そこに行って確かめるしかない」

何千メートルの穴とか、死体を捨てたとか、あまりに荒唐無稽すぎる。なのに、まったくの作り話だとは思えなかった。

「お前はさっき、マスクを取れと言ったな」

「そ、それがどうした」

「お望みどおりにしてやろう」

裁判官が、ゆっくりとマスクを脱ぐ。気色の悪いピエロの下から現れたのは、どこにでもいそうな、普通の中年男だった。

だが、眼光がやけに鋭い。目を見るだけでひれ伏したくなるような威厳もあった。

「どうして素顔を見せたのか、わかるか？」

静かな声での問いかけに、鶴見は顔面蒼白となった。

「お、おれを、生きて帰さないってことだな」

「その通り」

「ま、待て。赦してくれ。頼む」

膝がガクガクと震え、その場に坐り込みそうになる。ここまでの恐怖を味わったのは、生まれて初めてだった。

「地獄の底で朽ち果てろ」

裁判官が片足を踏みならす。次の瞬間、板の中心がバカッと開いた。絞首台の落とし戸そのままに。

「ギャッ」

短い悲鳴を地上に遺し、鶴見は姿を消した。深い深い穴を、時間をかけて落ちてゆく。

残念ながら彼は、穴の底がどうなっているのかを確かめることはできなかった。なぜなら、落下する途中で気を失ったからである。

3

「すっきりしない顔ね」

美鈴に言われて、忠雄は「そりゃ――」と口を開きかけ、黙りこくった。

徳寺の組織は壊滅し、鶴見も死んだ。被害者や遺族に還元する金も、ある程度は手に入った。徳寺たちの働き具合で、今後も増える予定である。

だが、肝腎なやつがひとり残っている。

大臣経験もある国会議員。与党の最大派閥のトップ。それこそ首相に匹敵する肩書きがあるぶん、ガードも鉄壁である。

始末するのは不可能ではない。けれど、どんな方法を採っても、暗殺と見なされてしまう。悪事を問い、罪を償わせるためという大義名分を通用させるのは、不可能に近かった。

忠雄は、藤太と修一郎のふたりと顔を突き合わせ、何度も話し合った。意見を出し合い、検討し、そのすべてが破棄された。

もはや、敵を倒すすべは残されていない。

「いっそ、爆弾を抱えてあいつのところに突っ込みたい気分だよ」

やるせない思いを伝えると、

「あら、ダメよ」

美鈴は即座に止めてくれた。もっとも、

「そんなことをしたら、奥さんや娘さんたちが悲しむでしょ」

自身の気持ちを蔑ろにされ、忠雄はむくれた。

ここは歌舞伎町にある、美鈴の医院である。ゼロ地裁の三人での相談が行き詰まり、何かいい方法はないかと彼女にアドバイスを求めに来たのだ。

「やっぱり、諦めるしかないんだろうか」

お手上げだという心境を包み隠さず訊ねる。

「あら、ここまで弱気になる山代さんって珍しいわね」

からかう口調ながらも、親身になってくれたようだ。

「実は、方法がないわけじゃないんだけど」

持って回った口振りながら、道を開いてくれる。

「え、本当に？」

「正直、言おうか言うまいか迷ってたのよ。だって、わたしの患者さんを巻き込むことになるんだもの」

「え、患者さん？」

「歌舞伎町の夜の店で、ママをやっている女性なんだけど、ちょっと糖尿の気があって、わたしがずっと診ているの。まあ、症状的には落ち着いてるし、そんなに心配はないんだけど」

「うん、それで？」

美鈴は迷いを浮かべたあと、思いきったふうに打ち明けた。

「実はね、そのママって、例の議員の愛人なのよ」

「え、本当かい⁉」

忠雄は驚きを隠せなかった。政治家の愛人なんて、べつに珍しいことではないのだろうが、自身の関係者と知り合いだったのである。

（世間は狭いんだな）

というより、美鈴の交友関係が広すぎるのか。

議員には妻と、一般企業のエリート社員と結婚した娘もいたから、要は不貞の関係である。それだけでもイメージダウンは避けられない。

「ママの店も、政治家からだいぶお金を出してもらってるみたい。それから、月々のお手当てもあるそうだし」

「つまり、特殊詐欺の被害者たちのお金が、そんなところにも回っているってことだね」

「まあ、そうなるわね」

美鈴がちょっと渋い顔になる。くだんのママとけっこう親交があるようで、あまり責められたくないのかもしれない。

忠雄とて、その女性の責任を問うつもりはない。悪いのは、善人から巻き上げた金をそんなことに使う政治家なのだ。

「それで、例の議員って高齢でしょ。アッチのほうはご無沙汰みたいで、店に来て飲むことはあっても、泊まる回数はめっきり減ってるみたい」

「でも、泊まることがあるのなら、そのときに狙えるかも？」

「ああ、無理無理。SPが四六時中外で見張ってるみたいだから」

だったら、結局不可能ではないか。落胆しかけた忠雄に、美鈴が声のトーンを落として告げる。誰かが聞いているわけでもないのに。

「それで、議員が泊まるときには、ママがわたしのところに来て、薬を持っていくの。アッチが元気になる薬を」

勃起不全治療薬のことだと、すぐに理解する。

薬学の知識も豊富な美鈴は、薬の特許も複数所持していると聞いた。だからこそ、製薬会社もアドバイザーとして頼っているのである。

「わたしは薬を手に入れるルートをいくつか持ってるから、ママには特に効く薬を渡してるの。だから、それに何か仕込めば——」

「議員を毒殺できるってことか」

これに、彼女はあからさまに不満を浮かべた。

「それじゃ、わたしが毒薬を処方してるみたいじゃない」

「あ、ああ、ごめん」

「べつに毒じゃなくても、何の証拠も残さず病気を引き起こすとか、そのぐらいなら朝飯前よ」

平然と言ってのける美鈴に、忠雄は毎度のことながら思う。絶対に彼女を、敵に回してはいけないと。

「だけど、議員はいつ来るかわからないんだよね？」

「あのね、こういうときは必ず来るっていうパターンがあるんだって」

「え、どんなとき？」

「ストレスが溜まったとき。不用意な発言でマスコミに叩かれたとか、政治姿勢を批判されたとか、老害扱いされたとか、そういうときはママのところに来て、目一杯甘えるそうよ」

言われて、忠雄は閃いた。議員にストレスを与え、尚かつその死が悼まれることなく、死後に名声が轟かない方法を。

「なるほど……うん、ありがとう。やつに引導を渡せそうだよ」

「そうなると、ママはまた新しいパトロンを探さなくちゃいけないわけだけど」

半分は気の毒そうに、半分は自業自得かしらと言う顔つきで、美鈴が独りごちる。忠雄は聞かなかったフリをした。

（今までいい目にあってきたんだし、ちょっとぐらい我慢してもらわないと）

もっとも、気の毒な高齢者のお金を回されていたと知ったら、さすがに議員を軽蔑し、死んでよかったと納得するのではないだろうか。

「ところで、どんな病気を起こさせるの？」

美鈴が訊ねる。どこかわくわくした顔つきになっていたから、悪徳議員にお灸を据えられることに喜びを感じていたのではあるまいか。

「そうだね。できるだけ長い苦しみを与えたいから——」

ふたりは綿密な打ち合わせをした。

数日後、ネットの動画サイトに、「悪徳議員の闇を暴け！」という動画がアップロードされた。音声と字幕のみのそれは、鶴見と例の議員の密談の、許しがたい部分のみを選んで編集したものであった。

サムネイルも文字のみの、地味な動画だったにもかかわらず、それはかなりの驚きと衝撃を世間にもたらした。再生回数が一日で一千万を超えたところからも、注目度がわかるというもの。

動画の詳細を記した部分には、議員と話しているのが鶴見という所轄署の課長であること、その鶴見が特殊詐欺グループと結託して金を集めていたこと、その金が議員に渡っていたことも書かれていた。

議員側は当初、動画を黙殺しようとした。ところが世間の反響が余りに大きく、取材の記者も殺到したため、無視できなくなった。

議員は失言が多いことでも有名だった。さすがに本人の弁明はまずいと判断したらしい。弁護士を通じて、動画は完全なるフェイクであり、名誉毀損で法的措置を検討しているというお決まりの文言を出した。

一方、こちらも名指しされた所轄署は、鶴見が行方不明であること、本人がいないため確認できないが、詐欺グループとの関係については捜査中であるということなどを発表した。

当然、世間が納得できるはずがない。真相究明を求める声は党本部や国会にも向けられ、国政がかなり混乱した。

そんな中、さらに衝撃的な事件が起こる。議員が死亡したのだ。

その第一報を耳にした与党議員には、これで騒動が収まると安堵した者もいたようだ。死者に鞭打つ行為は、この国では好まれないからだ。

ところが、愛人宅で死亡したと一部メディアにすっぱ抜かれたため、もはやカオスと言っていい混乱を招くこととなった。死因は心筋梗塞で、長い時間苦しみ、大騒ぎした挙げ句に逝ったものだから、死亡現場を隠すことができなかったのである。

疑惑に何も答えないばかりか、反省することなく愛人宅に入り浸って死んだ議員を、庇う者は皆無に等しかった。党内でも、あんなやつを悼んだらかえってイメージが悪いという流れになり、党葬もお流れになった。大臣経験者であり、派閥の領袖であったことを考えると、これは異例であった。

「つまり、あいつにはもともと人望がなかったんですな」

藤太が突き放すように言う。忠雄も「そうだね、きっと」と同意した。

「金を持っていたから周りにひとが集まっただけで、人間的な魅力に惹かれていたわけじゃないんだ」

「実際、あんな傲慢なやつに、魅力なんてまったく感じませんでしたよ。ろくでもない政治家の代表格です」

そう言った修一郎は、ようやく溜飲が下がったという顔つきだ。

議員の死後、ゼロ地裁に集まった三人は、一様に明るい表情であった。どうすることもできないと諦めていたやつを、文字通りに葬れたのだから。

党内の最大派閥も求心力を失い、散り散りバラバラになるのは時間の問題だと、どの報道番組も論評している。求心力とはあの政治家自身のことではなく、

「結局、あいつらは金に群がっていただけなんだな」

忠雄はやれやれと肩をすくめた。

「ところで、くだらない政治家がひとり消えたわけですけど、少しは世の中がよくなるんでしょうか」

修一郎が口にした疑問に、藤太が「どうだろうね」と首をかしげる。

「まあ、我々のできる範囲で、少しずつでもよくしていこう。泣き寝入りする被

害者が減ることで、きっと世の中は明るくなるから」

忠雄の言葉に、ふたりは大きくうなずいた。

4

判事仲間の会合が終わり、忠雄は久しぶりに、あのショットバーに足を向けた。

（おや？）

店に入ってすぐに気がつく。カウンターの真ん中付近に、以前この店で会った男がいることに。

「おお、これは」

向こうもこちらに気がついて、右手を挙げる。弁護士の磯貝だ。

もはや避ける理由はないので、忠雄は彼の隣に腰掛けた。

「お久しぶりです」

「こちらこそ」

短い挨拶を交わし、忠雄は注文したシングルモルトで、彼と乾杯した。

「今日は何かあったんですか？」

訊ねられ、忠雄は、

「判事仲間との会合だよ」

隠すことでもないので、正直に答えた。

「仲間ねえ」

どこか蔑むような口振りが気に懸かり、そう言えばと質問する。

「君は弁護士のあいだでも、一匹狼で通っているそうじゃないか」

小耳に挟んだことを確認すると、磯貝は否定も肯定もせず、

「私は好きにやっているだけです。自分の信念に従って」

忠雄ではなく、グラスを見つめながら答えた。

「弁護でも、誰かと一緒にチームを組むことはないのかい？」

「んー、経験はありませんね。やりたいとも思いませんし」

「どうして？」

「単純に面倒だからです。相手に合わせるのが」

グラスの中で氷を踊らせてから、磯貝がこちらを向いた。

「山代判事は、合議制のご経験は？」

「一度だけあるかな」

「単独の訴訟で忙しくて、あまり関われなかったから、正直後悔しているんだ」

答えてから、ふと思い出す。今回の特殊詐欺に関わる事件は、この店からすべてが始まっていたのではないかと。

直接的なきっかけは、真菜美の友達のおばあちゃんが詐欺に遭ったことだ。けれど、昔関わった合議制の裁判を思い出し、刑事の言動が気になったのは、磯貝とのやりとりがあったからである。

「妙なことを訊いてもいいかな？」

「何ですか？」

「仕事以外で、誰かと何かを愉しむってことはないのかい？　スポーツでも、趣味でもいいんだが」

これに、磯貝は「んー」と考え込んだのち、

「学生時代にならあったと思いますけど、この仕事に就いてからは、とんとありませんね」

答えて、酒をひと口飲む。

「そういう愉しみ方は、もう忘れてしまいました」

「そうか……」

忠雄もシングルモルトに口をつけた。

磯貝をゼロ地裁に迎えられないかと、忠雄は考えたのである。正義を貫く気持ちが強く、そのためならどんな方法も厭わないところは、充分に資格がある。けれど、誰かと協力することができないのでは駄目だ。

忠雄とて、修一郎や藤太、美鈴がいるからこそ、ゼロ地裁の活動が続けられるのだ。独りでやろうなんて考えたこともなかった。

人手不足の感があり、ゼロ地裁のメンバーを増やしたいと思っていた。しかし、磯貝は候補から外すしかない。残念ではあるが。

「まあ、誰かと何かやりたい気持ちになったら教えてくれ。いい仲間を紹介するから」

未練がましく告げると、磯貝は口角を持ちあげ、

「遠慮しときます」

朗らかに答えた。

家に帰ったのは深夜近くだった。家族を起こさないよう、足音を忍ばせて自室

に向かったのであるが、

「う……うう――」

忍び泣く声が聞こえてドキッとする。真菜美の部屋からだ。

(ひょっとして、また!?)

友達の家族に不幸でもあったのか。心配になり、ドアをそっとノックする。

「真菜美、入るぞ」

声をかけても返事はない。それをＯＫだと解釈し、忠雄はノブを回した。

部屋の中は暗かった。ナイトスタンドの常夜灯が、六畳間をオレンジ色に染めている。

真菜美はベッドの上で、俯せで肩を震わせていた。すでにパジャマを着ており、風呂上がりの甘い香りが室内に漂っている。

忠雄はベッドの脇に膝をつき、

「どうしたんだ?」

抑えた声で訊ねた。

「……フラれちゃった」

間を置いて聞かされた返答に、心臓が高鳴りを示す。

「振られたって、彼氏がいたのか？」

そんなことは初耳だ。けれど、真菜美が顔を伏せたまま、首を横に振る。

「違う」

「え、違うって？」

「……ずっと好きだったんだけど、彼は他に好きな子がいるんだって」

どうやら片想いをしていた子に、想いびとがいると判明したらしい。

（なんだ、そういうことか）

交際相手がいたわけではないとわかり、安堵する。だが、好きな男がいるというのも、それはそれでショックだった。

（まあ、高校生だから当然か）

自分だって同じぐらいの年には、気になる異性がいたのだ。ごく当たり前の、自然なことだと理解しつつも、心中は複雑だった。

「そういう経験ならパパにもあったし、今はつらいだろうけど、時間が解決してくれるよ」

慰めにもならないことを言っても、反応はない。それでも放っておけなくて、

「真菜美はとってもいい子だし、可愛いし、自慢の娘だ。その、好きな男の子よ

りも、もっと素敵な男性が、真菜美のことを好きになってくれるはずだよ」

いささか気恥ずかしいことを口にする。

「……ありがと」

掠れ声で礼を述べた長女が、もぞもぞと動く。泣いたあとの顔を見られたくないのか、下を向いた姿勢のまま掛け布団の下に潜り込んだ。

「電気、消すか？」

訊ねると、「うん」とうなずく。

「おやすみ」

声をかけ、常夜灯を消す。暗くなった部屋から、忠雄は静かに廊下へ出た。

自室に入って着替えると、忠雄はサイドボードにしまっておいたブランデーをグラスに注いだ。

（あの子もいずれ、他の男のものになっちまうんだなあ）

そう考えると、飲まずにいられなかったのだ。

その夜、いつになく深酒をした忠雄は、

（いっそ、もうひとり子供を作るか。もちろん女の子を）

馬鹿なことを考えながら、狭いチェアーの上で寝落ちした。

双葉文庫

お-45-03

東京ゼロ地裁(とうきょうちさい)

執行(しっこう) 2

2024年1月10日　第1刷発行

【著者】

小倉日向(おぐらひなた)

【発行者】

島野浩二

【発行所】

株式会社双葉社

〒162-8540 東京都新宿区東五軒町3番28号
［電話］03-5261-4818(営業部)　03-6388-9819(編集部)
www.futabasha.co.jp(双葉社の書籍・コミックが買えます)

【印刷所】

中央精版印刷株式会社

【製本所】

中央精版印刷株式会社

【フォーマット・デザイン】

日下潤一

ISBN978-4-575-52722-3 C0193
Printed in Japan